邱比特的惡作劇

顧日凡 著

CONTENTS

楔子

夢裡日月長，上了心，動了心，空幻不是真。
上心難忘，動心難捨，愛恨千鈞，樂透邱比特。

《同命鴛鴦》

1.

步如嫣在家裡將案件的照片、文件等放滿餐桌，她拿起一張照片看得入神，真的很奇怪啊，忽然響起一波波連續急迫的按鈴聲，媽媽去了旅行，誰是不速之客？她手忙腳亂把照片和文件擠進文件袋，跑去開門，第二輪鈴聲已經催促。

她急忙打開門，一名穿著大一個碼的襯衣、破爛牛仔褲的年輕女子衝進，將手上香噴噴的東西塞給她，用腳後踹關上木門，一陣風地跑去廁所，不一會，女子走出來說：

「舒服晒。」

「孟朗，你真的沒有辜負你的名字。咦，你還吃高脂肪的炸雞薯條？」如嫣看著身材結實、肩膀圓潤的女子微笑說。

「熬夜很傷身，要食宵夜補身，一個人吃東西很孤單，我偷空開小差跑上來，你也畀面捧場。」孟朗大力撕開紙袋，塞進食物含糊地回答。

「網上自媒體的記者跟以前報紙跑新聞一樣辛苦，鐵腳馬眼神仙肚，薪水微薄，衹有你不愁衣食的富貴閒人才樂此不疲。」如嫣也拈起薯條。

「也衹有在U市才能無所畏憚報導我們關心的題材。」

「最近忙什麼？」如嫣拎起一塊炸雞。

「H市四大政治案件。」

「什麼H市四大政治案件？」

「陳同佳臺灣殺害女朋友案、『立場新聞』案、四十七人初選案、黎智英勾結外國勢力抄家案。」孟朗表情誇張說。

「陳同佳案件也算嗎？」

「陳同佳案件是承接以前H市社會運動的紐帶，運動萌芽於中共國不履行《基本法》的條約，否決二〇〇七年及二〇〇八年實行雙普選，二〇一四年八月三十一日中共國決議《831決定》，修改H市特首選舉由一千兩百人組成的委員會篩選提名，再供選民投票，徹底推翻《基本法》。」

「之後怎樣？」

「二〇一四年九月二十八日民主派為了爭取一個無篩選的普選制度，占領政府總部外的道路，揭開為期七十九日的和平占領運動，又稱『雨傘運動』，當日警方發射了八十七枚催淚彈，

689[1]及警察局長盧偉聰互相推卸下令發射催淚彈的責任，占領繼續，期間發現黑社會混入人群放置攻擊性武器，插贓嫁禍示威人士。」

「二〇一六年中共國前公安局長陶駟駒也公開講過『黑社會也有愛國的。』；中共國高官宣稱《中英聯合聲明》是歷史文件；港澳辦主任夏寶龍也倡導五十年不變是哲學問題，不是數學概念。」如嫣噓了一聲說。

「H市共政府堅持不退讓，運動失敗，以戴耀庭為首的占中三子身陷囹圄。隨後發生魚旦運動，反水貨運動，H市人盡力捍衛自己的公民權利。」

「社會運動如同二〇二二年二月俄羅斯入侵烏克蘭，始於二〇一四年侵占克里米亞半島。」

「陳同佳案件掀開二〇一九年一連串612、731、831社會運動，再引爆之後三件政治案件。」

「陳同佳案件始末如何？洗耳恭聽。」

「孺子可教。」孟朗呵呵笑說，如嫣白她一眼。

「二〇一八年二月H市人陳同佳在臺灣殺害女朋友潘曉穎，潛逃返港，H市共政府控告陳同佳盜用女友信用卡，判刑二十九個月，二〇一九年777[2]提出修訂《逃犯條例》的送中條例，令H市共政府能以個案方式讓中共國與臺灣進行逃犯移交，一石二鳥藉此法例引渡陳同佳到臺灣受

1 梁振英當年在新方法選舉特首時所得的票數。

2 林鄭月娥以777票當選特首。

審，矮化臺灣的地位，也模糊H市與中共國的界線，吞併H市。」

「臺灣當然不會答應。」

「那自然呢。結果引起H市公民反對，在六月九日觸發大規模『反送中逃犯條例』示威，約有一百零三萬人上街遊行，大批市民在六月十二日罷工、罷課及罷教，在金鐘一帶示威，六月十六日有兩百萬人和平抗議。」

「『反送中條例』有什麼影響？」

「若條例通過，任何人會因政治、經濟等理由被中共國強行逮捕送到中共國受審。法治是個人可以做任何事情，除非法律禁止；政府卻不能做任何事情，除非法律許可，可恨是H市共政府挖空心思，立心不良與中共國串謀訂立惡法合法綁架。」

「結果怎樣？」

「最終九月H市共政府同意撤銷法案，結果激怒中共國，更厲害、宇宙適用的中共國安全大法在二〇二〇年六月三十日通過登場，H市共政府聲明安全大法是世界通行，具備域外管轄權。」

孟朗打了一個飽嗝，伸懶腰，突然反身竄到沙發底拾起一張照片說：

「這個男人不就是我的中學學長，他曾經替我補習呢。他這樣悠閒地躺在沙灘，嘴角含笑，牽著旁邊那個酷型強壯男人的手，手腕還戴著訂情珠鍊，莫非他是同性戀，也不出奇呢，他是個媽寶男，咦，為什麼你會有他的私影集？」

「你不是說偷空開小差嗎？」如嫣俐落地抽回照片。

「是啊，我要回去繼續埋頭苦幹。」孟朗拍一下腦袋，一溜煙跑走。

如嫣端詳照片，的確詭異，那名酷型男人的表情錯愕驚恐，李源一臉安詳，手腕戴著的珠鍊以灰白色珠子為主，珠子有一黑色大點，上面佈滿均勻小黑點如眾星捧月的星月菩提，另一頭綴以二顆蜜黃，烘托一顆豔紅珠子。

2.

第二天早上如嫣拿著珠鍊研究，發現紅色珠子上面用老式風格雕刻了"Y love L"，白揚拿著一疊文件交給她說：

「上星期S區望月灣泳灘雙人命案的驗屍報告已經送到，兩人是溺斃，死前沒有喝酒、服用安眠藥或影響神經的藥物，身體無傷痕，也沒有肌肉痙攣抽筋的現象，祇有死者歐勇的左手腕有一圈屍斑，死因無可疑。」

「兩人死前身體和精神狀況很正常，為什麼二人會同時溺斃？」

「據其他泳灘救生員的證供稱……。」

「其他？」

「歐勇也是救生員。初步報告指案件發生在早上，又是平日，泳客稀少，歐勇划著救生木筏在海中巡邏，離浮臺不遠有人呼喊救命，歐勇立刻划艇前往拯救，靠近拉拔遇溺者上船時，不知怎樣歐勇也掉進水裡，二人與波浪搏鬥，載浮載沉，其他救生員連忙前往救援，看著二人在水中掙扎不久，雙雙沒頂。岸上人員立即致電報警，水警派蛙人搜索，幾小時後在隔籬的相思灣打撈到他們的屍體。」

「他們的背景如何？」

「歐勇，二十七歲，未婚，兼職救生員，具有專業執照，正職是健身教練，另一死者叫李源，三十歲，會計主管，獨身，與媽媽同住。」

「案件何時發生？李源有沒有同伴在一起？」

「案發在上星期一早上約十點，李源一人到望月灣游泳。」

如嫣拿起另一份文件說：

「李源住在島上N區，那邊有許多比望月灣優勝的海灘可供選擇，為什麼要跑到老遠的S區望月灣游泳？」

「這張照片很奇怪呢。」白揚拿起那張詭異的照片說。

「你也覺察到。」

「你當我是傻瓜。二人看似戀人啊，李源還戴上情侶手鍊，他們是否演繹殉情記雙雙自殺？」

「你改行做編劇吧。我們去現場調查案發經過。」

他們駕車來到望月灣泳灘，剛下車就聽到老婦埋怨老伴：

「為什麼還要到這裡游水？上星期才死了二個人。」

「怕什麼？我們福大命大。」阿伯看他老婆一臉不爽，連忙改口說：

「那麼我們到不遠的相思灣吧？」

「相思灣也很邪門，一個多月前也浸死[1]一個人。」老婦撇嘴說，阿伯也不答話即刻開車離去。

如嫣二人來到海灘救護站，找到當天值班二個救生員問話。

「歐勇的體格和泳術如何？」

「他體格高大健壯，是個泳將。」

「他怎會掉進水裡遇溺？」

「這個泳灘的坡度比較淺，浮臺離開岸上有二百米比較遠，木筏擋住視線，我們看不清楚情

1 溺水死亡。

況，當我們游到出事地點時，不遠處有一塊塑膠浮力板，木筏卻飄走，二人已經不見了，我們徒手潛水搜索幾次，不見二人蹤影。」

「蛙人打撈二人上水時怎樣？」

「蛙人同時找到二人。」

「同時？」

「另一名死者捉住歐勇的手。」

「很特別啊。」

「也沒有什麼奇怪，當一個人遇溺時會很緊張，直覺地將拯救者當作游泳圈或浮力板抓緊，我們救人時首先安撫遇溺者的情緒，叫他全身放鬆，頭向上，人體百分之七十是水份，身體自然浮起，我們托起遇溺者下巴後頸，口鼻露出水面呼吸，拖著他游回安全地方。」

「不過二人還是溺斃了。」

「海面有一塊浮力板，也許遇溺者不太懂游泳，太緊張才會捉住歐勇，況且海面白浪滔滔，形勢惡劣難以預測才會發生意外。」

「二個死者是否認識？」

「不知道。另一名死者並不是常見游早水的泳客。」

「歐勇是兼職救生員，他在那裡工作？」

「他的正職是健身教練，在ＸＸ健身室工作，聽聞他做兼職救生員為了擴展人脈關係，招募學員加入他的健身室，增進收入。」

「他最喜歡搭訕那些身材姣好的年青女子，色迷迷盯上她們。」另一名救生員竊笑插嘴。

「救生員不是在固定沙灘或游泳池工作嗎？怎能認識陌生人？」

「救生員分公務員和季節性，後者是判頭投標制，中標者會聘請合約救生員，負責一個季度的救援工作，季節性救生員多數是兼職，薪資較高及辛苦，工作地點不定。」

「歐勇是否今年才派遣到望月灣當值？」

「不是啦，他最近才由相思灣調過來。」另一名救生員補充。

「是公司的安排嗎？」

「不大清楚，這是公司的事情。」

「謝謝你。」

二人回到車上，白揚懷疑說：

「李源手腕戴著訂情信物，是否恨歐勇變心，拉他同死？還是意外？」

3.

如嫣傳簡訊約孟朗晚上到家裡一聚，她立即回覆自誇神機妙算，早就料到如嫣會找她，如嫣預備大量零食小吃等候芳駕，孟朗來到隨即大快朵頤，才施施然問：

「你想知道媽寶男李源什麼事情？」

「啊？」

「我跑新聞嘛，觸角敏銳，既然你倆不認識，怎會有他的照片？一定與案件有關呢，我搜索最近命案消息，找到李源與男人雙雙溺斃的新聞，卻沒有二人關係的報導，你找我就能最快取得資料。」孟朗洋洋得意說。

「快人快語。我想知道李源的家庭背景、性格、職業等資料。他也算五官端正，身體健全，他是否你的初戀？」

「呸，你以為我沒有人要，打不破三十歲魔咒的剩女嗎？」如嫣笑吟吟地看著她，孟朗大聲抗議：

「我跟李源多年沒有聯繫，他現在做什麼工作我不知道。」

「那麼以前的事呢？」

「他是我中學時的學長，年紀大我幾歲，初中時我們三個女生找他補習，他說要到他家才行吔，放學後他要陪媽媽，這也無所謂，起初她媽媽的行為還算正常，之後卻經常不敲門就闖進來，不理睬我們，很沒禮貌耶，衹對兒子噓寒問暖，送水果食物，很誇張是他媽媽給他嘴裡餵水果，跟著他也得給他媽媽餵幾口，其他二個女生看得瞠目結舌，我年少無知，渾然不覺，但也不勝其煩，妨礙補習氛圍嘛，情況持續沒有改善，二個女生懊惱不已一起退出，我想反正交了整個月的補習費，好歹也要補習完一個月才打算。」孟朗誇張地繪聲繪影示範給如嫣看，惹得她失笑。

「有一次我遲到來晚了，母子一起打電玩，他們的坐姿令人作嘔要吐，難為他們泰然自若。」

「是怎樣？」

「不說啦，不想說死人的壞話。」如嫣豎起姆指給她一個讚。

「李源為人怎樣？」

「他可說是溫柔體貼，在相處的小事猶為上心，千依百順，他很懂女生的心理呢，經常把『媽媽說』掛在口邊，就算放學後去逛街看電影也要問他媽媽做決定，總之事事以媽媽為先，幸好我不是他的女朋友。」

「後來怎樣？」

「發生了一件很反胃的事情。那一天放學後我跟他一起到他家補習，他媽媽看見我們一同回來，不自在的表情一閃而過，跟著裝作大方得體邀請我當晚在家裡吃飯，我見盛情難卻答應了。」

「你有沒有要求食九大簋[1]？」

「去你的，淨亂說，我也識大體呢。」

「吃飯唧，為何反胃？」如嫣對她忍俊不禁說。

「他媽媽吃著一塊咕嚕肉說好味，從嘴裡吐出來，放進李源口裡，李源十分自然吃了，我看得傻眼，但是他倆旁若無人吃著，我害怕吃他們的口水尾，立即低頭趕忙專心祇扒白飯，匆匆告辭，悄聲對李源說有事情要跟他說，被他媽媽聽到，她裝作很賢慧地吩咐李源送我到車站，離去時他媽媽抱一抱他，接著二人竟然嘴對嘴輕吻了一下，耶，真的受不了啊。」孟朗滑稽地做出親嘴的動作。

「像戀人吔。」

「還有後續呢。我們剛下樓不久，他媽媽來電問怎麼還不回家，李源露出非常焦慮的樣子，連聲說快了快了。」

「她在吃醋呢。」

「氣氛膠著，我祇好沒話找話問他媽媽當年做什麼工作？他竟然滔滔不絕訴說他的家事，她

1 簋，商周時代的青銅食器兼禮器。九大簋，廣東傳統九道菜的盛宴。

媽媽是家庭主婦，一家四口住在一起，媽媽經常受到祖母的冷遇及為難，祖母批評媽媽好食懶飛[1]，家裡亂七八糟，烏煙瘴氣，諷刺她不知道爸爸的口味，不許她做飯，但是祖母每頓做的都是雞魚肉蛋，吃到二人得了三高，祖母經常責罵她低三下四如奴婢，寄生蟲，斥喝她不要整晚纏住爸爸，虛耗爸爸的精力，他要賺錢養家。」

「吓，她不是偷窺他們吧？」

「是也不出奇啊。他又說媽媽學歷不高，沒有經濟能力，靠爸爸供養，衹能忍氣吞聲，委曲求全，每次跟爸爸訴苦，爸爸總是勸導媽媽一定要全力以赴孝順祖母，媽媽憋氣鬱悶在心裡，引致不斷生些小病，又招惹祖母到處對鄰居朋友講媽媽偷懶的是非，媽媽有屈無處訴，晚上總是抱緊他睡，喃喃地傾訴她在世上衹有他，偷偷擦淚，他為媽媽的遭遇感到難過，媽媽的前半生活得很苦，他會盡力愛護她補償她，盡量孝順媽媽，我衝口而出說那是親情，不是愛情。」

「李源怎樣回答？」

「他說心裡很明白，是二樣不同的感情，他若有所思看著我，我裝作不解低頭走路，一路無語。」

「你這個小滑頭，心裡有鬼，還不是乖乖承認他是你的初戀。」如嫣對她挑一挑眉諷刺。

[1] 懶惰，以鳥喻人。

「可是，快到車站時我終於按捺不住問他。」孟朗頓下來噘嘴。

「問他什麼？」

「問他你們習慣吃家人的口水尾嗎？他錯愕了一下，緩緩回答自小就看見祖母都是這樣給爸爸肉塊吃，媽媽也不以為然，後來二人去世後，媽媽開始這樣餵他，他以為別的家庭都是這樣做，我聽打了個寒顫，趁機找個藉口說不再到來補習，衷心感謝他，急促告別。」孟朗促狹笑說。

「看來他媽媽故意用怪招逼退你。」

「我又不是他的女朋友，為什麼處處防範我？她的怪招祇是平日跟李源親暱的行為舉止，他們還若無其事呢，旁人為之側目汗顏，她是戀子狂，怎麼李源會渾渾噩噩？難怪他仍然獨身呢。」

「他的家庭背景怎樣？」

「李源很小時他的祖母去世，一年後爸爸也死了。」

「他老爸正當壯年，為什麼會死去？是否意外身亡？」

「你為什麼尋根究底啊？又不是查案，好吧，告訴你，李源說他老爸母子感情很親密，老爸思母過度得了憂鬱症，一年後終究與媽媽在黃泉相會。他老爸留下一筆可觀的人壽保險金賠償，剛巧遇上一九九八年H市金融風暴，二〇〇三年沙士流感病毒爆發，百業蕭條，樓房負資產大跌價，她媽媽果斷地付了首期購入二套公寓，一套自住，租出一間，租金用作供房貸。」

「這是H市普通人的人生目標，有瓦遮頭[1]，有飯食，無仗打。」

「他媽媽出外做兼差打工賺取生活費撫養李源，但總會在李源放學前回家做飯，晚上兩人相對，有時一起打電玩作樂，如此相依為命多年，才會做成李源媽寶男的性格吧。」

「你也很八卦，挖不少料呢。他媽媽是個怎麼樣的人？」

「是李源主動告訴我呢。根據我的觀察，他媽媽在外人面前裝出一副明白事理，自然大方的樣子，但是表裡不一，她是個偏執的人，她妒嫉、對抗、壓迫所有接近李源的雌性動物。李源在中學時衣服整潔，看起來經過仔細配搭，突顯她媽媽照顧得無微不至，他小息時會打電話給他媽媽，每天準時回家。有一次我跟同學到M區買明星閃卡，突然接到她媽媽電話，她劈頭就怒氣沖沖質問我引誘李源野到哪裡去？」

「李源習慣對她媽媽坦白，她才會找你晦氣，不過，真的好大的脾氣啊，你如何應付？」

「她當我是盤絲洞的蜘蛛精，要食唐僧肉？還是玉兔精想攝取他的元陽？」孟朗說後也覺好笑繼續：

「我啞口無言，結巴地分辨說自從沒有到來補習，再沒有跟李源見面，她媽媽一直耿耿於懷以為李源對我有意思，跟我偷偷交往約會。」

1 有屋住。

「最近有一條新聞，台北一名六十歲女子得知兒子交了女朋友，激動地跑去廚房拿刀子，對兒子說先殺死他，然後自殺，同歸於盡。你應該慶幸她沒有拿刀子對付你。」

「呸，戀子狂的恐怖份子。我才不會看上裙腳仔呢，況且，我是女生，更要擔心是我的爹娘，可是他倆卻不上心，氣得我吃不下晚飯，宵夜祇吃了二個泡麵。隔天李源向我道歉說在圖書館跟人捉象棋入了迷，忘記時間捎個話兒給媽媽，她簡直像變態狂一樣控制李源，導致李源轉向喜歡男人囉。你這一餐付出也值得吧？依我看是痴心失戀男謀殺帥哥負心漢。」孟朗斷言下結論，如嫣模稜兩可笑了笑。

4.

下午如嫣和白揚來到ＸＸ健身室，在接待處表明身份要求見負責人，接待員請示後帶領他們到會議室，經過藍、粉紅、白色的健身房，裝潢明亮活潑，舒適自在，有不少中年女士正在接受教練指導，不遺餘力鍛鍊。

負責人已經在會議室，寒喧後如嫣開腔：

「李先生，歐勇是否貴公司的教練？」

「是。」

「他的風評如何？」

「他一個多月前入職，風評不過不失。」

「他是剛入行的新人，還是由別的健身室轉職過來？」

「他已經取得國際四大證照及AFAA證照檢定，任職教練已經三年，從ＹＹ健身室轉職過來。」

「什麼原因轉職？」

「他說ＹＹ健身室規模太小，氛圍大眾化，客人大多是公共屋村的歐巴桑，沒有很多富貴學員，轉過來換個環境。這也是人之常情，健身教練是單對單的職業，時間有限，誰也想多賺點錢。」

「這名男子是不是這裡的客人？」如嫣滑手機秀出李源的照片。

「不是。我對歐勇的私事知道很少，恐怕未能幫忙。」

「那麼謝謝，先告辭。」

如嫣二人剛走到門口，李先生叫住他們：

「他有幾個忠實粉絲也跟他轉會過來，不知今天有沒有到來？我出去看一下，請在此等候片刻。」

好一會李先生跟二名中年女士進來，李先生介紹是A及B後退下。

「二位女士好，我是步如嫣員警，他是白揚，我們想知道歐勇的事情。」如嫣遞上名片。
「Leon發生什麼事情？這二天不見他上班？為什麼警察會找上門？」
「他是你們的私人教練，跟他熟稔嗎？」
「麻麻地[1]啦。」
「他從YY健身室跳槽過來，你們也跟著他轉會，他一定有過人之處呢。」
「他那一身健碩的肌肉已經是看得到的保證啦，況且他對女生說話時很溫柔，不會一味鞭策要加倍努力，累得人半死也沒有成績，不誇張吹噓成果，也不騙錢，對改善體態的建議很平實。」A懶散地回答。
「那麼他衹指導女學員？」
「也不是啊，他也招收幾個男的。」
「他對男學員的態度怎樣？」
「這個嘛，我看見那些男學員經常對他露出羨慕的目光，有好幾次Leon秀他強勁的老鼠仔[2]，那些男人如蟻附羶，垂涎地摸捏，還乘機抽水[3]摸他的胸肌，Leon似乎也不介意，還有點喜歡

1 還好。
2 手臂肱二頭肌。
3 非禮。

呢。」A有點不忿氣。

「你妒忌囉，喜歡他像黎明一樣高大帥氣，卻惱火他沒有調戲你。」B歪嘴一笑。

「哼，整條街都是漂亮肌肉型的男人，我才不在乎他。」A白她一眼。

「他那麼受歡迎，一定忙得不可開交？」

「是啊，我經常要一個星期前跟他約定時間。」

「可是，他卻跳槽轉工，為什麼呢？」

二人心照不宣對望了一眼，B壓低嗓音說：

「據說由於桃色醜聞，在健身室傳得沸沸揚揚。」

「啊，是男的還是女的？主動還是被動？二人事件？還是三角戀？」

「我們可不清楚呢，有人說是男，有人說是女，但是另一名主角從未在健身室現身招搖鬧事，有人說曾看到Leon在街上與男人拉扯爭執，好像還吃了一拳，但沒有報警，也有人說看見有女人牽絆他，哭喪著臉求他不要拋棄她，Leon摔開她，不顧而去，任由女人蹲在牆腳啜泣，她們在健身室加油添醋傳開去，散布Leon又傷了女人的心，事情鬧大了，公司勸告Leon離開。」B閃爍其辭說。

「如果你拿這句說話問他，他一定會說他顧不了所有女人的心，貫徹狠心浪子摔女的作風。」

「這個是否他的學員？」如嫣滑手機秀出李源的照片。

「我好像見過這個人，但一時又記不起。」A看了一下說，她低頭沉思，如嫣也不打擾耐心等候，過了半晌A說：

「我記起了，我見過他一次，大約三個多前的事情在健身室，他裝作是顧客到處參觀，在Leon附近走來走去，停留了一會兒，當時Leon正指導一個女學員，之後Leon與那名女學員親密地離去，我在街上看到這個陌生男跟蹤他們。」

「Leon是否認識那名男子？」

「他們沒有打招呼，但是Leon很親切對著他微笑。」

「Leon跟那名女學員是什麼關係？」

「炮友囉？不過，那名女學員也不是很漂亮呢，嘴唇厚得像二條香腸，胸部大得有點誇張，整體不成比例，勝在夠青春吧，我年青時就將她比下去。Leon是色中餓鬼，不嫌棄這等次貨。」

A一副不屑的神情。

「Leon是個花心大蘿蔔[1]，泡上手便用完即棄，女友如走馬看花。不過，最近我也看到陌生男跟縱Leon和騷貨？」B搶白。

「他是否跟同一個女學員在一起？」

1 對愛情不專一，風流成性的男人。

「不是啦，Leon已經換了一個對象。」

「跟他廝混一起的女人也不是正經人，都是找牀友的濫交女玩家，姣婆巧遇脂粉客，單料銅煲，一滾就熟[1]，完事後各走各路，在街上遇到也扮作不認識。」

「會有這樣的事情嗎？」白揚好奇問。

「那些都是有老公的怨婦，被人包養的小三。」A白他一眼說。

「你不是說你自己吧？」B揶揄她。

「死八婆，信不信我掌你的嘴[2]？」

「你敢？信不信我向你老公告密。」B笑說。

「衰婆。」A推她，二人嬉笑打鬧起來。

白揚聽得咋舌，與如嫣趕忙道別，在車上白揚仍絮絮叨叨批評：

「真是世風日下，歐巴桑三十如狼，四十似虎。但也不枉此行，李源的手鍊證實是情侶手鍊，上面刻的Y字代表『源』字的縮寫，L字代表Leon，為什麼Leon沒有戴上另外一條？」如嫣凝神思索。

---

1 一拍即合。

2 打嘴巴。

5.

如嫣二人來到一處老舊社區，樓房大廈也有二十年光景，他們去到李源家，剛出升降機便聽到粵曲的旋律，哀怨的歌聲唱出：

「『紅顏未老恩未曾罄，家姑迫我別家庭……』。」

「這是《孔雀東南飛》的曲詞。」白揚脫口說。

「你對這些出土文物很熟悉吔。」

「我小時日間外婆在我家裡照顧我，她每天下午會開著光碟聽粵曲，久而久之便記得曲詞。」

白揚按門鈴，如嫣忙著滑手機，好一會才有人應門，木門打開，但鐵門仍關上，一名瘦骨嶙峋的中年婦人面若寒霜冷冷看著他們。

「麻煩你，我們想找袁秀娟女士。」

「誰找她？」

「我們是警察，負責調查李源的命案，我是步如嫣員警。」如嫣秀出委任證。

「有什麼好調查，人已經死了。」女子賭氣說，跟著用力關上木門。

「我們懷疑他是自殺。」如嫣高喊道。

「而且還跟男人一起殉情。」白揚補上一句，如嫣瞟他一眼。木門倏然打開，女子疾言厲色罵道：

「死差佬，不要詆毀我兒子的名譽，我要到警察投訴課投訴你們，我兒子絕不會自殺，也不跟男人殉情。」

「袁女士，既然如此，請你合作提供資料讓我們調查，還你兒子一個清白。」

袁遲疑了一下，打開鐵門，一言不發，逕自走進裡面，二人謹慎地跟著，白揚順手帶上門，裡面是一廳二房的格局，牆壁的油漆半新不舊，公寓曾經重新裝潢，傢具新舊各半，各有風格，二人坐在她對面的沙發，如嫣打量她，銳利的眼睛、削鼻、抿著二片薄唇，大剌剌斜靠椅子坐著，白揚則看著那個老舊的壁櫥，袁不滿說：

「看什麼？那些是我兒子的玩具。」

「袁女士，為什麼你認為你的兒子絕不會自殺？」如嫣輕聲問，袁狠狠橫她一眼說：

「你怎麼這樣對我？這麼無禮？怎麼懷疑我兒子對我的愛？我為兒子受了一輩子的苦，遭了一輩子的罪，從開始被人無情地奚落嫌棄，沒過一天好日子，我堅苦卓絕傾盡愛心將他拔大，對他呵護備至，他經常說媽媽是世界上對他最好一個人，我兒子祇愛我一個人，怎會忍心拋棄我自殺？你們這些外人懂得我嗎？」

「這名男子是不是李先生的朋友？」如嫣秀出歐勇的照片。

「你究竟有沒有聽懂我的說話？難道要我重複多次我的兒子衹愛我，他的母親一個人，絕對不會自殺，更不會喜歡男人。」袁對如嫣怒目相向。

「他的交友狀況怎樣？他一直住在家裡？」

「他從小跟我住在一起，他的朋友都是泛泛之交，多是同事及寥寥可數的中學同學，他奉承說我是他最好的朋友，就算是假的，聽了心裡也歡喜。怎麼你總是懷疑他的私生活？你別有用心。」

「這是例行公事，如有冒犯，請多包涵。他平時的生活如何？」

「他每天準時上班下班，放工後有應酬必定會預先向我報告，晚上一定不會超過十一點回家，假日我倆會去逛街、郊遊、放年假去旅行，你滿意沒有？」

「你真的很珍愛他。」

「他每天放工回來，我給他遞拖鞋、接外套、倒茶和預備晚餐，全是他愛吃的食物，晚上跟他做功課，一起打電玩看手機，牽著手談心，我細心了解他的學校生活，傾聽他日常煩惱，我經常半夜起牀，擔心他沒有蓋好被子，我勞心勞力，兒子是我的命根，他死了，我哭得死去活來，但是想到他對我的愛，才使我有力量繼續活下去，乖兒子，媽媽很想念你。」袁聲淚俱下地訴說。

「就算他成年後上班，交了女朋友也是這樣？」白揚不可思議問她，袁瞅他一眼沒有回答。

「可是他卻拉著男人的手一起遇溺，那表示什麼？」白揚忍不住詰問。

「他為了救人，才會被拖累。」袁突然霸道說，嚇唬得白揚啞口無言。

「他不用上班嗎？為什麼會單獨一人到望月灣游泳？」

「他取了假期，他去那裡游泳有關係嗎？」袁慍說。

「為何他會取得假期，不跟你去旅行？他喜歡跟你談心事嘛。」

「你不應該事事針對我們。」袁生氣地責備。

「他放假的心情怎樣？」

「他的心情很好。」袁撇嘴說。

「他的泳術如何？」如嫣拿她沒有辦法問。

「他是個游泳高手，在學校的比賽拿過獎牌，是我鼓勵要經常運動，才有健康的體魄應付功課，及日後繁重的工作，小源一向順從聽我的話，認為我所做的一切都是對的，都是為他好。」袁一口氣說完。

「可是他卻遇溺。」白揚仍不知死活，袁索性不理睬他。

「有沒有物件可以借給我們研究，讓我們釐清事情的真相，盡早結案。」

「你們自己去找吧。」袁冷冷地指著打開木門的房間。

二人依言進去，牆壁是浪漫的淺粉紅色，除了一張衹有牀墊的雙人牀，一只衣櫃，一張梳妝枱，整個房間空蕩蕩，打開衣櫃，沒有一件衣物，連鞋襪也沒有。

「李先生的衣物、手機、文件等東西放在那裡？」

「全都搬到我的房間裡，那些是我兒子的私人物件，他的東西全都屬於我，統統不許別人亂動。」袁決斷地拒絕。

「這牆壁的顏色也是你為他挑選嗎？」

「不，是那個賤女人揀選的。」袁倏地勃然大怒。

「他有女人？他與女友同居？」

「你在侵犯私隱，暗示他行為不端，我無必要回答你侮辱我兒子的問題。」

袁索性背著他們坐，如嫣無計可施到處找尋，在梳妝枱的抽屜裡找到一個上了鎖的精緻木盒子，如嫣問：

「我們可否帶走這個木盒子？」

「你隨便帶走，反正我也沒有鑰匙打開它。」

「這不是你兒子的物件嗎？」

「是又怎樣？不是又怎樣？」袁不耐煩回答。

「何時收到？」

「三個月前寄給小源。」

「寄件人是誰？」

「是一間公司寄給他。」

「公司叫什麼名字？在那裡？」

「不記得，好像在K區吧。如果你們打開發現東西是我兒子，必定要歸還給我，你為什麼一直追查這些無意義的事情？」袁繃著臉說，如嫣連忙告辭，袁也不起身送客，剛要關門，如嫣扭頭問：

「你喜歡聽粵曲，你知道《孔雀東南飛》的內容嗎？」

「幸好她死得早。」袁愣住，接著悻悻然說，氣沖沖地跑過來把門關上。

「橫蠻無理的歐巴桑。不過，壁櫥那些幪面超人是有歷史的經典版本，千金難買啊。」白揚一臉羨慕。

「人家是寡母婆死仔，抓緊兒子的遺物當是寶，不過，她可能也有責任。」

二人回到地下大堂，看見一名輕熟女在李家的住客信箱窺視，白揚秀出委任證查問：

「你是什麼人？為什麼偷看別人的信件？」

「這家男戶主是我客戶，找我們辦事，公司收到了分階段的酬金，後來他要求停止調查，我發電郵給他最後賬單，卻沒有收到款項，再寄出文本賬單給他，仍沒有結果，到來查看，直接找他。」

「你做什麼工作？」

「我是徵信社職員。」如嫣立刻邀她回警局問話。

6.

「馬小姐，李源委托貴社調查什麼？」

「調查一名女子的日常生活，從離家直到回家，每天約十五小時。」

「何時委托？」

「大約二個月多前。」馬想了一下說。

「他何時停止調查？」

「上一個月。」

「那女子叫什麼名字？是他什麼人？為什麼要調查她？」

「我們不會詢問客戶的原因，祇要委托並不犯法便會接下生意。他說女子叫Elizabeth，也傳給我照片。」

「麻煩傳送照片給我。」那是一張正面全身照片，女子杏眼桃腮，性感嘴唇，體態嫵媚，藍衣綠裙，十分俗豔。

「根據你的專業判斷，李源跟那女子是什麼關係？」

「李源的態度冷熱參半，委托時他焦急憂心，停止調查時顯得事不關己、木然冷淡，感覺整個人給被掏空了，一副哀莫大於心死的模樣，那女子極有可能是情敵，搶走他的對象。」

「現代社會自由複雜了，男男女女的關係變得紛亂離奇，千奇百怪。」白揚嘆氣說。

「是啊，例如我們曾經接到一個女人要調查她的好友，她的理由十分可笑，說看不慣好友已擁有甜蜜美滿的家庭，丈夫溫柔體貼又寵她和一個聰明可愛的孩子，還要發騷搞外遇，真是太沒天理啦，拜託我們跟好友的丈夫告發。我們不太費勁就查到了，其他家長已經傳得謠言滿天飛，可說到了無人不知的地步，那妻子跟孩子柔道會的教練陷入不倫戀，我們拍攝到二人到酒店開房，證據在手，我們依照指示聯繫那丈夫，結果出人意表。」

「怎麼樣？」白揚心急問。

「我以為丈夫聽到後會感到晴天霹靂，但他根本不為所動，神色自若冷靜說老婆玩幾次就會回頭，祇要她每天願意回家就好了，他不想改變現在平穩的生活，還千叮萬囑叫我們不要讓老婆知道他早已知情。」

「都市浮世繪呢。」如嫣輕說。

「為何現在的男人像以前的女人？遇到老婆有外遇也不敢過問，祇想死心塌地希望維持現狀。他還怯懦地委托我們有什麼方法拆散他們，讓老婆烏倦知還，他很害怕老婆受到傷害，我建議他爽快跟老婆講清楚，他說不想老婆離開他，害怕拆穿事件後老婆心裡留下嫌隙，跟他疏遠，最終拋棄他，他祇想讓老婆跟外遇乾脆分首。」

「他是超級愛妻號，你怎樣幫手？」如嫣饒有興趣問。

「我假裝是外遇的歐巴桑街坊，打電話給外遇的老婆，聲稱看到她老公跟陌生女人把臂同遊『迪士尼樂園』，隨後外遇的老婆跟蹤老公，發現二人約會親熱擁吻，當場逮住他們羞辱她，外遇與老婆每天鬧得不可開交，不能收拾，結果反目離婚，女人也回到老公身邊。」

「你這招很陰濕[1]，撮合這一對，卻拆散另一對。」

「還有後續呢，女人發現是她的閨密委托我們調查她與情夫的醜聞，女人跟閨密大吵一場，更爆出原來她的閨密一早就垂涎她的老公，想著祇要搞散他們離婚，閨密就能乘虛而入，接收她的老公。」

「心存不軌，千萬不要少覷女人。很奇怪，閨密怎知道女人有情夫？」白揚噓聲問。

「當然是女人告訴閨密呢。」馬嘲諷說。

「哎吔，雙重背叛。」

「你在那裡找到那名女生？怎樣調查？」如嫣及時提問。

「李源說在ＹＹ健身室便能找到她，她跟隨一個叫Leon的男子操練。於是我向李源提出一個

1 刁鑽陰險。

方法，是加入ＹＹ健身室做會員，指明要Leon擔任我的私人教練，近距離監視那個女生，全部費用由李源支付，李源一口答應。」

「結果怎樣？」

「那女生作息很有規律，每天早上約八時出門，搭乘地鐵到Ｋ區的寫字樓上班，跟同事一起吃午飯，工餘跟同事唱Ｋ，和朋友晚飯逛街看戲，每星期二次到健身室鍛鍊，我特地早點到健身室觀察她，發覺她與Leon的互動很特別，可說是眉來眼去，二人的身體語言顯示他們的關係很密切，經常故意觸摸對方的身體，姿勢很有默契地配合，她每次健身後到附近的咖啡店閒坐滑手機。」

「為何？」

「她等候Leon打烊，然後二人親熱擁抱離去。」

「之後的事情呢？」

「我們每天衹是盯梢她十五小時，後面的事情我問過李源要不要跟蹤他們，他說不需要了，說想也想得到二人會做什麼。」

「故此你推斷Elizabeth是李源的情敵？」

「還有其他人證呢。我們的調查不限於此，我在休息室找到Leon的忠實粉絲聊八卦，挖出Elizabeth一點歷史，她半年前才到健身室練習，稱她起初神情落漠失意，懶於跟人敷衍搭訕，不與人為伍的憂鬱孤獨精。」

「Leon怎樣把妹？」馬看如嫣一眼說：

「步警官的用詞也很接地氣呢。歐巴桑說是Leon介紹她到來健身室操練，聽說在沙灘認識，當他糾正Elizabeth的姿勢時態度曖昧，她也有幾分姿色，珠圓玉潤，說話如含著一片糖，軟軟膩膩，不經意地舐啜豐滿的朱唇宛如調情邀約，男人容易想入非非，難以抗拒，Leon也不是省油的燈，很快攻破她的心防，逐漸熟絡，她也跟Leon的粉絲打成一片，有說有笑。」

「是啊，祇有美麗的女人才配得上憂鬱。」白揚輕嘆說。

「當初Elizabeth又為何落落寡歡？」

「據那二個歐巴桑粉絲說她離了婚，還是她主動提出呢。」

「什麼原因？」

「她祇說了『在愛情的包廂裡，二個人剛剛好，三個人就太擠了，不想再墮入無休止的鬥爭。』顯而易見是小三橫刀奪愛，她不敵退出愛情格鬥場。」

「Elizabeth也不是很傷心吔，祇是快快不樂一陣子，很快又找到Leon這個小鮮肉，排遣寂寞。」白揚不以為然地評價。

「Leon對所有雌性動物也感興趣，他也曾經勾搭我呢，我才不會那麼cheap，輕易上當，跟他玩一夜情。我看Elizabeth也當Leon是牀友，祇求燦爛，不求永恆，逢場作戲唧，最緊要滿足生理需要。」

「李源怎樣反應？」

「我將Elizabeth的起居的事情，巨細靡遺向李源報告，起初他還興致勃勃，後來興趣缺缺，反而追問教練的事情，最後好像調查教練，不是Elizabeth啊。」

「李源詢問了Leon什麼事情？」

「都是鎖碎事情如家裡有什麼人、嗜好、穿衣品味、性格、工作狀況等事情，還稱讚Leon很有男人魅力，我也查到Leon在相思灣沙灘做兼職救生員，不知道他在找學員還是找女人。」

「那麼Leon對男人有沒有興趣？」

「這個真的不曉得啦，我受雇監視Elizabeth，不是Leon，管不著他的私生活呢，Leon除了一班忠誠粉絲歐巴桑外，還有不少男性的傾慕者，李源是其中之一吧，他看Leon時貪戀的樣子，可能一直暗戀Leon，又不敢現身追隨，驚畀人唱衰[1]，才會偷偷摸摸地仰慕，他調查Leon身邊的女玩伴，那是很典型的女人妒忌心理，她的男人變心是第三者勾引他，全都是第三者的錯，她的男人永遠專心致志愛她，但是Leon左右逢源，男女來者不拒，是隻濫交的狗公，李源極大可能是男同性戀呢。」

1 給別人說閒話詆毀。

「為什麼Leon會離開ＹＹ健身室？」如嫣不置一詞繼續。

「有一天我去到健身室的休息室，歐巴桑已經聊得起勁說有人投訴Leon指導女學員時，借故碰觸胸部非禮她，好衰唔衰[1] Leon剛好挑中了女同性戀吧？還有人說Leon偷食唔抹嘴[2]，畀人告他強姦，他緋聞不絕，總之有女人的地方，就有是非啦，後來Leon辭職離開後，傳言也隨之消逝。」

「那麼Elizabeth呢？」

「Leon離開健身室後，她也沒有到來了，我在她家和辦公室也找不到她，好像忽然人間蒸發，健身室的八婆傳播多個版本，她跟Leon同居、轉了職、移民做過埠新娘，她們戲謔說他倆是苟合的野鴛鴦，怎會長久？你問完沒有，我還要找李源付清欠款呢。」

「你沒看新聞嗎？李源和Leon一起遇溺死。」

「哎呀，怪不得最後見他時陰鬱慘淡，失魂落魄，有時滿臉慍色怒火，如快將爆發的火山。」

「幾時的事情？」

「大約是二個星期前，他一定對花心的Leon十分怨恨呢，才拉他一起落地獄，做一對同命鴛鴦。可恨我的酬勞也泡湯了。」

---

1 倒楣。

2 做了壞事，不銷毀證據。

7.

送走馬小姐，白揚用迴紋針打開木盒，裡面有一個豔紅色的手機，背後黏著可愛喵星人的膠貼，一串珠鍊，款式跟李源那條一樣，但蜜蠟烘托的珠子是翠綠色，如嫣戴上手，有點寬鬆，白揚以專家口吻笑說：

「你的手圍太小了，衹有14、5公分，那是給男人戴的，上面刻了"L love Y"，這串珠鍊是Leon退還給李源，李源恨他變心殺死他。」

「手機有什麼資料？」

「手機已經停用，上面的簡訊也全部刪掉。」

「你聯絡手機公司，查看在雲端有沒有備份簡訊內容。」

白揚聽令辦事，二小時後收到手機公司傳來簡訊內容，日期由三個月前開始到二個月前為止，二人放上電腦閱讀。

「我不愛你，我們已經講妥分開，你還要死纏爛打幹嘛？」

「我愛你就是因為我愛你。」

「你衹愛你世界上最好的朋友。」

「那是另一回事，佢[1]係我從小到大的死黨。」

「誰信你的鬼話？佢硬要搬進來一起住，你立刻答應。」

「佢層樓已經租出去，沒有地方可去才搬進來，祇是暫時吧。」

「佢故意將層樓出租，藉口親近你，我說出錢畀佢在外面租屋住，佢執意拒絕，住了好幾個月，趕也不肯走，整天埋怨說佢又不是我們的電燈泡，我們不能趕佢走，佢將自己放在跟我同一個階層，平分秋色。」

「你忍一忍就過去。」

「怎樣忍？佢爭著做飯，搶著出主意，你的錢包畀佢管，要管也應交給我管，什麼都是佢說了算，若有微言，佢就拔高嗓門大吵大鬧為你好，說你上班太累了，怎麼我還要迫使你做飯管賬？這是我們約法三章，你做飯我洗碗盤，我氣不過便回到房間，免得背上罵名，可是每頓飯都是大魚大肉，油膩少菜，極不健康，吃得你腰圓腿壯，一副蠢相。」

「為什麼不告訴我，我們習慣那樣呢，我不覺得有問題啊。」

「你二個都變態，告訴你我鬱悶又怎樣？無論佢做什麼你也認為是對的，最後祇會捲入爭拗的漩渦，根本沒能解決問題。」

---

1 第三者代稱，始見在《三國志》的「渠」字，「佢」字為簡化聲旁，不晚於清代出現。

「佢從沒有做過錯誤的決定。」

「又來了。」

「你不要這樣啦，我很心痛。」

「你心痛？不如說你更心痛佢，一天半夜我熟睡中聽到窸窸窣窣的聲音，迷糊裡以為有賊人偷進來，心中一慌，睜眼一看，見到佢像鬼魂站在牀邊給你蓋被，嚇了一跳，不知好嬲，還是好笑。」

「佢祇是擔心我，有人關心不是一件很好的事情嗎？你不要太在意這些小事啊。」

「佢干擾我們的二人世界。我發覺我們去旅行後，佢跑上我們的牀睡覺，我表露不滿，佢竟說風水師說我們的房間氣場好，對身體有益，佢還很節儉啊，你泡完澡後也不換掉那一缸髒水，佢繼續用來泡澡，見到也邋遢，不如你們學日本人一起泡澡吧，反正佢經常在你洗澡時隨便闖進去，你們不知尷尬嗎？」

「你不要說得過份，佢祇不過拿毛巾給我，其實沒有什麼奇怪，我從小就是這樣，你在吃醋。」

「吃醋！沒有這個福份，要是我同佢一起掉進水裡，你會先救那一個？」

「你是我生命中的主角。」

「不要迴避問題，你一定會先救佢，由得我浸死，佢才是你生命中的主角，我是二打六咖哩啡[1]，出場企二邊，行就行先，死就死先。」

「我愛你愛在心坎裡。」

「廢話。你知不知道佢經常當面嘲諷我是命好？是我高攀了你，憑我的條件，怎能找到你？到處唱我勾引你上牀，做成米已成炊逼迫你。」

「佢少念書，沒什麼知識，心直口快，說過就算，你不要腌臢[2]啦，你才是我的心靈伴侶。」

「佢還跟鄰居朋友散佈我的壞話，將我跟你耍花槍[3]的事情侮辱我不要臉，水性楊花，淫蕩不知醜經常纏著你，是隻狐狸精，吸乾你的精氣元神。」

「就是這原因你們互不瞅睬，迫我做傳聲筒，你不要小器[4]啦。」

「是呀，一切都是我的錯，不尊敬佢。最令我冒火是見到你倆親熱地坐在對方的大腿上打電玩，你攬住佢條腰，佢攬住你條頸，你們快要摟抱在一起啦，看到眼火爆，出聲抗議，佢竟然說看不過眼就跟你分開，立即搬走，佢才不理會，最可惡你默不作聲，沒有守衛我保護我，我跟你

1 臨時演員。

2 此處解作挑剔，另一意思是骯髒。

3 打情罵俏。

4 心胸狹窄。

相濡以沫這些年，你哄騙我說最珍惜我，到頭來證實全部都是謊言，遭受你冷血地離棄，跟你在一起還有什麼指望？想著你一輩子要過這樣屈辱的生活，不如來個了斷。」

「你不要讓我為難，你跟我一起順從佢，好不好？」

「你對佢是絕對忠誠，不會背叛佢。我以為愛情可以讓我們獨立，可以拯救一切，但是證明是不能夠的，你這個窩囊廢，我對你已經死心了，不會回頭，不要再找我，我不會回覆你。」

「我真的愛你，不要離開我。」

8.

「從對話內容推測李源跟一名女子同居，卻被他的同性戀死黨搞垮，二個猥瑣的大男人卿卿我我，想起也噁心，難怪女子頂唔順[1]離開，之後他又暗戀Leon卻沒有結果，結論是李源是雙性戀，他受了雙重打擊，萬念俱灰，決心跟Leon同年同月同日死。」白揚自以為是說。

「未必如此。」如嫣皺一下眉頭，傳簡訊給孟朗確認一件事情。

「還有，我們做漏了一件事情，我們以為他是獨身，跟媽媽一直住在一起，你到婚姻註冊處

1 受不了，挺不住。

查看李源的婚姻狀況，相思灣案件。」如嫣拿起車匙跑出去。

「你去那裡？」

「去查詢李源的同事。」

如嫣找到李源的會計副手，一名嫻雅的女生，如嫣問：

「C小姐，你與李先生工作有多久？」

「快一年了。」

「你覺得李先生為人怎樣？」

「他很紳士，對女生格外尊重，輕聲細語，很舒服呢。」

「李先生放假前有沒有不同？」C想了一下說：

「他好像變了一個人，滿腔沉默的憤怒，無處宣洩的樣子，有時打開皮夾怔怔凝看，長嗟短嘆，意志消沉。」

「是不是看這個女子？」如嫣秀出Elizabeth的照片。

「那是他的秘密耶。但是我有幾次見過這個女生接李先生放工，二人輕輕親嘴，熱情地手挽手離去，那股幸福感溢於言表。」

第二天如嫣和白揚到李源家裡，袁秀娟隔著鐵閘冷眼旁觀說：

「你們到來幹嘛？」

「我們來告訴你李源死去的真相。」

「還有什麼真相？他是被奸人害死的。」

「你想知道，還是不想知道？」

袁撇嘴板臉，如嫣瞄她一眼舉步離去，袁急忙發聲叫住她，打開鐵閘門轉身就走，白揚不爽，灰溜溜跟著如嫣，安頓後，如嫣打開木盒子秀出手機和珠鍊問：

「這些是不是你兒子的物件？」袁看了臉色驟變說：

「垃圾，你隨便丟掉啦。」

「你認識這女子嗎？」如嫣秀出Elizabeth的照相，袁鄙夷說：

「這賤貨，不認識。」

「她叫陳葒，是你兒子分居的妻子，在相思灣跳海自殺死去。」

「那又如何？他們已經離婚，又腥又臭的狗東西。」

「你對她很薄情。」

「我就是這樣的人，改不了。你嘮嘮叨叨些什麼？還不說出真相？」

「這是一宗有預謀的謀殺案。」

「我一早就知道小源被人謀殺。」

「和一宗誤殺案。」如嫣接著說，白揚大惑不解。

「屁話。」

「我從頭說起，事情一年前由李源和陳葒結婚開始，遷入新居過二人世界的生活，李源世上最好的朋友，即是你，故意租出舊居，對李源哭訴無地容身，堅持搬到李源家裡居住，用意要親近李源，他是媽寶男樂意答應，陳葒抗議無效，無奈接受。」

「怎麼？李源的死黨是他媽媽？」

「李源親口對孟朗說他媽媽是他世上最好的朋友，我跟孟朗確認當年她親眼看到你坐在李源的腿上，他摟住你的腰，你摟住他的頸項玩手機。」

「誰是孟朗？」白揚疑惑問。

「那個黃毛丫頭，膽敢色誘我兒子，兒子是我的。」袁仍然惱火說。

「你肆無忌憚對陳葒找碴子，你倆勢成水火，誓不兩立，你心懷鬼胎跟李源打電玩，故意挑釁陳葒，她看到你們摟摟抱抱如熱戀情人，怒火中燒，口出怨言，你把握機會含血噴人，破口大罵，挑撥唆使她離婚，陳葒怒不可遏，也對李源沒有守護她，對李源徹底絕望，心灰意冷跟李源離婚，淒然退出。」

「你打聽得很清楚。」

「都是得力於你不屈不撓的精神，恃勢凌人的戰鬥力。」

袁倔強地向她嗤鄙撇嘴，如嫣也不在意說：

「陳葒離婚後在相思灣被救生員Leon搭訕，介紹她到健身室健身，Leon是個偷心採花賊，熱烈追求陳葒，終奪芳心，陳葒全情投入，以為找到真命天子，全心全意跟定Leon，將手機和訂情珠鍊退還給李源，表示決絕。」

「那二串珠鍊為何突然變身成為李源和陳葒的定情信物？上面明明刻上'Y love L, L love Y'，L不是代表Leon的縮寫嗎？」白揚大吃一驚問。

「不，L是Liza或Lizzy的縮寫，是Elizabeth的簡稱，也就是陳葒，李源的珠鍊烘托珠子是豔紅，陳葒是翠綠，紅對綠，暗示兩人才是一對情人，並不是李源與Leon的男男關係，陳葒長得豐滿，珠鍊較一般女子的手圍大，並不是給男生穿戴。」

「跟著怎樣？這是一宗謀殺案可以理解，為什麼也是一宗誤殺案？」白揚追問。

「李源委託徵信所調查陳葒的動向，發現陳葒深陷情網，不能自拔，可是Leon是個花花公子，到手後任意丟掉女人，一個多月前陳葒被他寡情冷酷地拋棄，陳葒遭受連環二次背叛拋棄的打擊，意志消沉，在Leon當值的相思灣投水死去，Leon陷於桃色醜聞，由相思灣調職到望月灣，李源知道陳葒死去掏空心肺，滿懷淒苦，徵信社馬小姐證明李源悲涼的心情，孟朗證明李源年青時已經對異性傾慕，李源的C同事以女生的直覺能也證明李源深愛陳葒，從二人的簡訊內容，證實李源對陳葒感情真摯。」

「那又怎樣？」

「當我問你李源的心情，你拒絕回答，我推論李源告訴你他非常難過，他從小習慣對你傾吐心事，透露陳葒死了，心情低落頹喪，你暗自高興拔除眼中釘，沒有理會李源的心情，這一次李源卻沒有告訴你他的計劃，他認為Leon害死陳葒，準備殺死Leon為陳葒報仇。」如嫣盯著袁秀娟說。

「你胡扯，不要詆譭他，我盡心盡力教育我兒子，他是個好人，絕對不會殺人，你有什麼證據證明我兒子為那個賤人報仇，狠心捨我而去？你污衊他，你講嘢呀，死八婆。」袁怒氣沖天，如嫣冷笑回答：

「陳葒死後，他大張旗鼓向馬小姐收集Leon的資料如嗜好，家庭狀況，兼職救生員的海灘，故意向馬小姐顯示他對Leon感興趣，讓人認為他是同性戀，掩飾他的殺人動機；他特意跑到老遠的S區的望月灣游泳，那是Leon當值的沙灘，計劃殺死他；他和Leon都是游泳高手，怎會容易同時遇溺；最重要的證據是打撈到二人的屍體，李源握著Leon的左手手腕，並不是他的手掌，Leon的手腕留下一圈深刻的屍斑，推論李源用雙手扣鎖Leon的左手腕，竭力拉Leon到水裡，證實李源抱著玉石俱焚的決心，殺死Leon為陳葒殉情，做一對同命鴛鴦，李源的遺體口角含笑，手戴與陳葒定情的珠鍊，一副無憾的模樣，Leon一臉驚恐，我推論李源在殺死他時告訴Leon他就是陳葒的老公，為陳葒報仇，這就是李源謀殺Leon的真相，對你是殘酷的真相。」

「不，不是的，你講大話打擊我，狼心狗肺的臭婆娘，你跟那個賤人同樣心腸歹毒，要搶走我兒子，我兒子衹愛我一個，有我就夠了，他不需要任何女人，不會沉迷任何女子，兒子永遠屬於我的，他是我的全部，支撐我活下去。」

「是你歹毒的心腸間接殺死兒子，你視兒子的女友和妻子為天敵，堅決拆散李源和陳葒，處處針對陳葒，你信心滿滿認為就算李源失去陳葒，你有強大的能量代替她，你眼裡兒子天下第一，尤其是早年不幸的婚姻，你老公也是個媽寶男，你受盡奶奶的氣，進退兩難，你一無所有，祇有兒子，你抓緊兒子乞求慰藉，老公可有可無，這些證詞都是李源告訴孟朗的，透露你早年窘困的生活，可是李源勉力盡心孝順你，動機祇是憐惜你，尊敬你而已，並不是愛你如妻子，他十分清楚對你是親情，對陳葒是愛情，二種截然不同的感情。」

「你胡說，我對小源瞭如指掌，深刻感受到他對我的愛意。」

「是你迷了心竅吧，將親情和愛情混淆不清，陳葒的證詞說『在愛情的包廂裡，二個人剛剛好，三個人就太擠了，不想再墮入無休止的鬥爭。』，她從女人的角度觀察你，直指你尋釁好鬥的性格，她厭倦沒完沒了的爭風吃醋，跟你至死方休的困獸鬥，你視李源為戀人，任何人絕對不能染指，從你出動怪招迫退孟朗，又重施故技，將你奶奶迫害你的手段加諸在陳葒身上，為了獨占李源，陳葒受不了你倆明目張膽、越禮逾矩的親熱，下堂求去，退出爭奪李源的戰場，將李源推回你的懷抱，你擊敗陳葒，狂妄自大蒙蔽你的理智，沒有認真理解李源的心態。」

「不，不是這樣的。」袁軟弱哽咽說。

「哼，陳葒離他而去對他是沉重的打擊，陳葒墮入Leon的愛情陷阱令他傷心難受，最後陳葒遭受Leon拋棄投水自盡，李源神經繃緊直至徹底崩潰，你還是不甚了了，懵然不知，認定李源仍是以前愛黏膩著你的媽寶男，事事以你馬首是瞻，卻不知道李源經過愛情的洗禮改變了性格，蛻變做愛情男，陳莊死去他痛不欲生，決意為陳莊報仇，上窮碧落下黃泉，追隨陳莊做一對同命鴛鴦，是你執拗偏激的性格，決心拆散李源和陳莊，你從受害者突變造迫害者，親手殺死李源，間接害死陳莊和Leon，你是始作俑者的殺人凶手。」

「是嗎？是我親手害死小源嗎？」袁語無倫次。

「你不是喜歡聽粵曲《孔雀東南飛》嗎？那是漢代樂府民歌，內容描述焦仲卿和劉蘭芝夫妻被戀子狂的焦母橫蠻干涉，被迫分離但選擇雙雙自殺，夫婦心心相印、堅貞不屈成為永恆愛情的象徵。你曾經受到奶奶迫害，還不醒覺悔改，李源殺掉Leon為陳莊殉情，這是李源對陳莊呈獻最後永恆的愛，愛情戰勝了親情，李源更愛陳莊，不是你，你宛如《孔雀東南飛》的焦母迫死兒子和媳婦，自作孽，不可活，怨得誰？你會為你的所作所為付出代價，悲痛淒切地渡過餘生。」

「不，不是我殺死我的兒子，是那個賤女人殺死他，她是個剋夫命、天煞孤星，是她剋死小源，害死小源。」袁秀娟驀地聲色俱厲地怒吼。

「死性不改。」如嫣冷眼看她，低聲說。

「步警官，你對她真殘忍。」

如嫣毫不理會她，邁步離去，白揚緊跟著，驟然聽到袁秀娟突然崩潰呼天搶地，嚎啕大哭。

《此恨綿綿》

1.

女人畫出完美的妝容，看著華服嘆息，盛裝離去。

女人走入金碧輝煌的房間，中間放了一張大圓牀，周圍和上面鑲嵌鏡子，赤裸的中年男人側臥其上做出手勢，女子不情不願脫光華服，他用食指勾了勾，她忸怩如波提切利[1]的維納斯踩著高跟鞋，扭動屁股趨近，他遽然似鷹獵羊攫她上牀，她宛如祭壇上的待罪羔羊，大牀緩緩轉動，他灼熱的身體粗暴地壓著她，恣意妄為上下其手，狂吻她的唇，暴烈地用牙齒掰開它，往裡面撩撥，她竭力掙扎不果，任他為所欲為，看見鏡子裡自己各式各樣不堪入目的姿勢不斷輪迴。

男人跟她耳語，女子表情複雜，咬唇愀然變色，男人突然將她的玉體倒站嘿咻，她飲泣落淚。

1 Botticelli文藝復興的畫家大師。

2.

孟朗跑上如嫣家裡偷閒，唉聲嘆氣：

「我在H市的朋友準備移民了，她本來是個不問世事，對政治冷漠的人，專心教育孩子，打算在H市終老，可是她女兒的魔話刺激她改變主意。」

「什麼魔話？」

「一天她女兒從幼稚園放學，不苟言笑對她說P國有三個特區，一是H市、二是M市、三是臺灣，她聽了十分震驚，她女兒正在接受謊言教育，共產黨對孩子灌輸錯誤的意識形態，歪曲事實，破壞道德價值觀，殘害孩子，遺害終生，她女兒一臉認真繼續，H市土共安排六萬個國安小教師的小學生，對幼稚園生解讀國安大法，他們要將一尊的思想入腦入心入魂，刻銘在小孩子的腦袋，長大後變造一個沒有獨立思想，祇懂忠心愛P國、民粹主義的盲毛[1]。」

「P國的洗腦套路從娃娃抓起，小粉紅經常作祟，可見一斑，不過H市土共無以復加，比起P國的少先隊，納粹青年團還變態，聽了很難過，難過之後還是難過。不要講陰鬱事情啦，你的

1 盲目衝動的人。

四大政治案件調查怎樣？」

「第二件是《立場新聞》案件，H市網媒《立場新聞》於二〇二一年十二月二十九日，H市《國安法》實施一年半後，被警方國安處人員大舉搜查辦公室，即日宣布停止營運，翌日十二月三十日，《立場新聞》前總編輯鍾沛權、時任署理總編輯林紹桐，被控『串謀發布煽動刊物罪』，共十七篇文章具煽動意圖，兩人被法庭拒絕保釋即時還押。」

「其實也沒有什麼好說呢，H市共政府利用法院法律做武器，打壓言論自由，製造白色恐怖，脅逼H市人噤聲就範，例如《羊村繪本》案五名語言治療師被定罪及判入獄十九個月，當時國安大法已經訂立，但派不上用場，就從英國殖民地倉庫翻出塵封過時的煽動罪控告幾人，再極速通過《基本法》23條，應用在於立場案件，恐嚇震懾H市人民，十足黑幫作風。」

「控方於《立場新聞》案件沒有實質的證據，論述空洞無力，翻查控方列舉的種種證據，簡單數一數，控方稱十七篇刊登的文章當中八篇包含『目的不言而喻』、『目的不宣自告』二個所謂證據，英文翻譯應為『Self-evident』，廣東話翻譯應為『唔使講都知』，這也是控方在庭上的用語，在嚴謹的刑事檢控上怎能應用這些虛浮的論述？控方開案陳詞還有提及兩次『司法認知』[1]，即控方認為當一件事情廣泛地被知悉，法庭就能在毋須證據的情況，接納該事情存在，

[1] Judicial Notice。

亦即是控方另一種『唔使講都知』，但是被廣泛知悉的事情是指一米等於一百厘米這些物理上的事實，不是指嚴謹的法律概念。」

「結論就是H市共政府不需要任何證據，就隨便將被告或任何人控告入罪。法庭程序是走過場的形式主義，證明還是有法治，H市共政府動用rule by law[1]對付異見人士，不是切實體驗執行rule of law。」

「國安法指定法官郭偉健將『故意煽動意圖』，擴闊為明知刊物具煽動意圖，罔顧後果發布就可定罪，邏輯不通。案件在二〇二四年九月判刑，重判鍾沛權囚禁二十一個月，林紹桐囚禁十四個月，二人祇是履行記者的天職，哀鳴H市失去言論自由，免於恐懼的自由，判刑是政治審判代替司法論述。」

孟朗長吁一聲，如嫣接聽電話，突然喊出發生雙屍命案，孟朗眼睛發亮，纏著如嫣起程去案發現場。

[1] 以法而治，又稱以法管治，以法統治，以法制民，簡稱法制。

3.

春寒料峭，如嫣來到案發現場，各界傳媒及記者被攔阻在封鎖線外，孜孜不倦做現場直播，孟朗當仁不讓加入爭相報導。

這是近郊自成一隅松樹小山岡的住宅群，名字叫『松濤別苑』，一排排粉牆藍瓦的獨棟屋拾級而上，依山面海建成，是千萬富翁的住宅區，並不是頂級富豪的府第，街道是私家道，安裝了監視器，現場洋房前面是高牆，中間一道鐵門，牆壁裝置聯繫警方的保全系統，旁邊是車庫，如嫣入內問白揚：

「誰發現屍體？」

「是女主人周婉苓與菲律賓女傭茱迪。」

「死者是誰？」

「是男主人和他的生意合伙人。」

二人走過彎曲踏石步道，一邊是草地花壇，種了幾叢黃白二色的百合花，幽香暗送，另一邊是休閒區，放置一組具格調的藤製大沙發和五顏六色的軟墊，配同質茶几，旁邊擎著二把巨型太陽傘，牆上的監視器對著院子，來到屋外玄關，頂上中間安裝了一個三百六十度旋轉的監視器，上面是陽台，周圍安裝雕飾鐵欄杆，擱著長梯子。

屋內二邊是長窗子，挑高的樓底直達屋頂，懸掛閃亮剔透的水晶燈，右邊是飯廳，放置一張十二座位的圓桌，上面放著一瓶鬱金香，一條樓梯通往二樓的房間，裡面是廚房、廁所、工人房、雜物房及後門等，左邊是偌大的客廳，寬廣U型舒適淺灰色沙發，方形炭灰色白條紋的雲石茶几，一名年約二十六、七歲穿寬鬆碎花襯衣、素淨長裙的苗條女子，斜並雙腿靠著軟墊坐下，凝雪肌膚、緊緻皮肉、眼白帶藍，森冷的藍，直到眼窩裡，神態木然沉思，宛若冷豔的聖女，如嫣開腔：

「周女士，您好，我是步如嫣，負責這二起命案的員警。」

「您好，步警官，我先生姓劉，有什麼事情可以幫助？」周緩緩優雅地站起來對她頷首問，她穿上半高跟鞋，與如嫣一般高。

「劉太太，你怎樣發現命案？」

「是茱迪最先發覺不對勁，她打電話叫我急忙回來，她指劉先生逗留在書房一整天沒有動靜，敲門沒有人應門，也沒吃飯，推門發覺在裡面鎖上，我們在外面用長梯爬上陽台，發現我先生和拍擋伏屍，立即報警。」

「昨天星期日劉先生和你的活動怎樣？」

「我們沒有外出，我先生留在書房工作，黃昏約五時他的拍擋到來，二人進入書房商議事情，我另有約會大概七時半離家，半夜回來，逕自回房間就寢，第二天大概八時出門上班，沒有見過我先生，直到茱迪向我報告異狀，揭發命案。」

「你跟什麼人約會？」

「與幾名大學好友聚舊聊天，等會我給你朋友的電話號碼。」周瞟她一眼回答。

「劉先生沒有回房睡覺嗎？」

「我和他分房睡，他經常和拍擋在書房觀看美國股市、匯市及其他金融市場，有時他會通宵工作及睡覺，裡面有沙發牀和寢具。」如嫣瞄一眼她標緻的臉蛋，腰是腰，腿是腿，寬鬆衣裳裡曼妙的身段問：

「劉先生從事什麼生意？」

「他開了幾間公司，好像是金融、地產及虛擬貨幣投資吧，我不甚了解，也不知道他的經營狀況。」

「他的合伙人叫什麼名字？」

「范志浩。」周冷笑回答。

「劉太太做什麼工作？」

「我是室內設計師。」

「請帶路到伏屍現場。」

「茱迪，帶警官去書房。」周輕聲吩咐，接著厭惡說：

「我不想看到他們猥褻的姿勢。」

茱迪模樣憨厚安分，皮膚微黑，年輕嬌小，體態豐盈，如嫣和白揚跟著她上一樓，經過後面三個房間、小廚房和廁所，走過迴廊來到前面附陽台的案發房間，茱迪指著棕色橡木門裡面，努一努嘴沒頭沒腦說：

「我不進去，佢很鹹濕[1]，摸我屁股。」

鑑識組和法醫已經專心致志工作，房間的牆壁漆成乳白色，附設廁所和日光浴室，還有一個古典浪漫的浴缸，左邊牆壁沒擺放任何傢具，右邊牆壁放置一個精美的酒櫃，放著各國名酒和水晶杯，四角豎立巨型高傳真的音響設備，右邊中間放置一張超大的桃木辦公桌，前後擺放棗紅色真皮大班椅和旋轉椅，桌上擱著最新型號的蘋果手機和半杯威士忌，上面及側桌擺放幾枱電腦，側桌下面放著高端音頻播放機，後面牆壁掛著「劉海戲金蟾」彩繪圖，對面放了舒適的沙發和茶几，檜木地板滲透淡淡香氣，中央舖了一張寬闊殷紅色的波斯地氈，天花頂安裝派對閃光燈，前面四扇落地玻璃趟門，掛著淺紅色薄紗、深紅色窗幔和遮光簾頭，外面的陽台對著大門口的鐵門，遠眺廣漠的海景。

1 淫穢，好色。

「很奢侈，書房竟然是個氣派大套房。」白揚羨慕不已，看到屍體噓聲說：

「哇，觀音坐蓮，歡喜佛合體雙修啊，怪不得茱迪如此不滿。」

女屍背靠沙發，腦袋枕在軟墊閉目，額頭擊破一個黑色大血洞，血流披面像個生鏽鐵鳥籠，右手掌染滿血跡，手袋打開，全身赤裸，跨坐在裸體男屍劈開的大腿上，男屍上身壓著女屍胸口，頭顱擱在女屍肩膀，襯衣鈕扣解開，半脫袒胸，背脊後心位置插著一把防狼自衛小刀，血跡化開如一塊黑色膠布黏貼在襯衣上，兩人像一孖綁在一起的廣東臘腸，茶几翻倒在旁，四周散落煙蒂、軟墊、胸罩內褲和褲子，大煙灰缸的缸底染上血跡。

「我以為是二個男人互砍廝殺，竟然是強暴事件，這個女子起了男生的名字。」

如嫣借用一個房間偵訊茱迪，她戰戰兢兢坐下，如嫣輕拍她的肩膀安撫她，她嚇了一跳連忙避開，白揚對如嫣竊笑，如嫣即刻正襟危坐問：

「茱迪，你在這裡工作多久？」

「大概一年了。」

「主人對你好不好？」

「還好，Mum[1]看似很客氣，說話輕柔，其實十分嚴厲挑剔，要求高尤其是有潔癖，家居必

1 Madam，菲傭稱呼女主人。

須一塵不染，這裡很大，祇得我一個人，有時打掃洗擦真的很疲累啊。」茱迪連聲抱怨。

「那麼劉先生呢？」

「劉先生對我平平，對家事是否妥當無所謂也不關心，不揀飲擇食，祇愛吃脆皮乳鴿，吃得像條蛇，雙手拿著乳鴿，脖子突然伸前，撕咬一塊肉，捲入口裡唧唧咀嚼，他喜歡賺錢，整天滿腦子想著錢。」

「那麼劉太太？」白揚好奇問。

「Mum主要吃蔬菜，她似隻貓愛吃魚，嫌我把魚蒸老，自己下廚，祇吃小魚，說肉滑鮮嫩，她連黏著骨的肉也吃得乾乾淨淨。」

「范小姐呢？」

「她像隻蜘蛛吸啜肉汁，能掏空吃盡大閘蟹的蟹肉，將蟹殼足爪砌回一隻完整的蟹。」茱迪不屑地說。

「昨天星期日你放例假，你去了那裡。」

「我跟同鄉朋友到教堂做彌撒，接著到滙豐銀行總部地下席地野餐聊天，直到六點回家。Mum也是教徒，不過她去自己堂區的教堂。」

「中環的食物很貴啊。」如嫣跟她閒話家常。

「是啊，我們前一天每人在家裡做一樣家鄉菜，冰著星期日帶來一起大食會。」

「為什麼不吃過晚餐才回家？」

「Mum嚴格規定我一定要八點前回家，若遲返要扣人工，警告我若在外面過夜不回來會將我辭退，要是被扣人工，我的家人就要過緊日子，要是被辭退，也不知怎樣償還高昂的中介費，家裡東拼西湊才能夠支付中介費首期，之後要靠我的人工分期攤還。」茱迪喋喋不休訴苦。

「你回來時，劉先生和Mum在家嗎？」

「昨晚我大約七點五十分回家，打開鐵門就聽見雄壯的音樂，想到劉先生像往常習慣聽音樂，抬頭看，書房熄了燈，閃光效果跟隨音樂的節奏明暗不定，劉先生也舞動雙手配合在書房來回走動，有時還走向陽台。」

「大門和書房有一段距離，中間隔著花園、欄杆和窗幔，還有光線不斷閃爍，你看得清楚嗎？」

「就算二邊玻璃門被窗幔遮掩，我也看見他走來走去，那真的是劉先生啊，之後我低頭急忙走入屋，沒有再看望他。」

「中間二扇玻璃門是否打開？」

「是的。」

「劉先生什麼時候聽完音樂？范小姐在那裡？」

「大約在八點半吧，我到樓上小廚房的冰箱放東西，已經聽不到音樂，我沒看到范小姐，我想她也在書房，他們時常在書房通宵工作。之後我洗澡上牀，滑一會手機，睡覺直到第二天。」

「Mum在那裡？」

「Mum已經離家，我剛剛安頓，八點正Mum傳簡訊給我，叫我傳短片給她，要拍攝餐桌上的鬱金香做背景。」茱迪接著秀出簡訊和短片給如嫣看，接著說：

「Mum還問我劉先生是否外出？我答她劉先生和范小姐在書房聽音樂。」

「你怎樣發覺劉先生出問題？」

「我如常捧早餐給他，敲門沒有回應，推門也推不動，便放早餐在門外去幹活，我忙到午餐時間也沒有見到劉先生，上樓問他要不要用膳，發覺早餐還擺放在門外，心想他已經出外但沒有告知我，他經常這樣做，我拿走早餐，稍後我要打掃書房，發覺木門仍鎖上，感到蹊蹺，立即打電話給Mum，Mum回覆盡快回家。」

「你怎樣發現命案？」

「不是我呢，是Mum發現的。」茱迪猶有餘悸說，如嫣瞥她一眼問：

「為什麼？」

「我有畏高症，害怕懸空站在梯子上，Mum也知道啊。」

「你們怎樣做？」

「Mum叫我找來長梯子，自己爬上去。」

「她不怕嗎？」

「我看Mum爬上梯子時也是顫抖抖，不過她深深吸一口氣，神情堅決壯著膽子爬上去，畢竟那是她深愛的老公。」

「跟著怎樣？」

「她跳上陽台進入書房，過了一陣子大聲高叫我上來。」

「我驚呼我怕高，她怒道叫我從門口進來，蠢蛋。我跑上去，Mum已經站在樓梯口，說不想看見齷齪，無法直視的醜態，我看到也想作嘔，主啊，祢以仁愛的心，寬恕他們的淫行。」茱迪在身上劃了個十字架，跟著說：

「警官，我認得那把刀子是范小姐的。」

「你怎樣知道？」

「前些時范小姐探訪Mum，我端咖啡和茶點給她，在Mum的房間聽到二人爭論生意的問題，我識趣不惹人討厭連忙退回在樓梯口，等候她們呼喚，一會兒Mum叫我拿OK綳，我拎OK綳給她，看見梳妝台放著那一把染血的刀子，接著范小姐沉著臉走到書房。」

「你帶我到Mum的房間看看。」

「不行啊，Mum不許人進入她的房間，即使是劉先生也不準許進入，我清潔打掃時，Mum也在場監督。」

「書房好像最近才裝修？」

「是啊，是三個月前的事情，新書房先前是劉先生和Mum的主人套房，景觀最好，不知為什麼改做書房，對著陽台那一面牆壁本來是諸紅色，竟會漆成奶白色，劉先生說紅色是他的幸運色，Mum便給他放置紅色的地氈、同色窗幔和大班椅。」

「謝謝你。」

他們來到周的房間，憂怨的歌聲唱道：

「今宵七夕，相見福慧曾修，燈彩依然，未知人面依舊否？」

「這是任劍輝《李後主歸天》的粵曲，劉太太悼念老公啊。」白揚自信說。

「這又是你豐富的古早知識？」

如嫣揶揄他，敲門見到周請求：

「麻煩你，我們想到你的房間做鑑識。」

「我的房間不是案發現場，沒有關連。」周愕然婉拒。

「祇是例行公事啊，其他地方已經做過了。」

如嫣微笑回答，周不情不願答應。房間米色為主，裝潢雅致簡約，原木書桌對著窗子及後院，高牆外是別家的前院，桌面放了一座黃楊木聖母像，供了一大束盛開的麝香百合，潔白無瑕，暗香浮動，一本《詞聖李煜與小周后》詩集，鑑識組勤快地工作，如嫣指地氈上的小污點說：

「這好像是血跡？」

「是的，之前范小姐探望我時，誇耀把弄她的防狼小刀，不小心割破手指，在地氈滴下血液，血跡很難完全清除，本來想換掉地氈，雜務太忙將事情擱下。」周不慍不火地解釋。

「周小范為何到來？」如嫣明知故問。

「我們是老朋友，她經常到來跟劉生傾談生意，順便聊天。」

「范小姐是劉先生的生意伙伴，你是否也跟她合資做生意？」

「沒有，我跟她的行業大不同。」

如嫣到地下查看客廳等地方，在雜物房看到工具箱，帶鈎的繩子和其他雜物等，鑑識組和法醫已經完成工作，移走二具屍體，拎走證據包括劉與范的手機和電腦等，如嫣回到書房最後巡視，發覺范枕過的軟墊有一片水跡，地氈近沙發也有二處水跡，橡木門有一抹污跡，她吩咐人員採樣本檢驗，用紫外光機測試，取走軟墊及拍照。警方收隊離去，周也不送客，差遣茱迪相送，經過車庫，如嫣隨手打開車庫門，發覺空空如也問：

「車子拿去修理？」

「不知道，幾個月前我已經沒看到那二台賓士和奧迪轎車了。」

4.

第二天如嫣收到驗屍報告，白揚報告：

「男死者叫劉定堅，三十五歲，職業商人，女死者叫范志浩，二十八歲，跟劉是生意伙伴，二人開了幾間公司，業務範圍牽涉金融、樓房投資，虛擬貨幣和期貨投機等活動。」

「他們的經營狀況怎樣？是否賺錢？」

「同事仍然努力查核他們的賬目及電腦檔案。」

「二名死者的死因如何？他們的死亡姿勢很古怪。」

「女死者的額頭被重擊捶死，凶器是大煙灰缸，處女膜破裂，快要三十歲的老處女啊。」如嫣橫他一眼，白揚立即一本正經報告：

「范志浩枕過軟墊的水跡大部份是水和少許汗液，地氈上的水跡是水，二具屍體的肚皮也檢測有水份，她的陰道磨損，裡面的精液是劉定堅，估計她被劉強暴不堪受辱，用防狼小刀在他的背部插中心臟，小刀衹有范的指紋，劉臨死前用煙灰缸砸死她，再伏屍在她身上，男女屍體才會展現肚皮相貼的死亡姿勢，二人死亡時間估計是星期日晚上八時至十二時。」

「我覺得有點不妥當，劉定堅侵犯范志浩，范力拒不從，由她被強姦後殺死他可以證明，那麼劉必定使用暴力，還要花一番功夫才能脫光范，她亦會竭盡掙扎，為什麼現場環境不是怎樣凌亂？范身上一點也沒有掙扎瘀青的屍斑呢？」

「男人比女人體格強健，祇要劉將范按在地氈上，用前臂壓住她的喉嚨或頸側的大動脈，令她缺氧暈眩，乏力頑抗，這是警方控制暴力反抗者一種方法，劉首先強脫她的襯衣褲子，扯掉內衣胸罩，便能行事。」白揚理所當然說。

「可是劉定堅為什麼不脫掉自己的長袖襯衫？那很礙手礙腳啊。」如嫣仍然鍥而不捨。

「男人都是急色鬼吔。」

白揚酸她一句，如嫣皺眉頭，白揚機靈說：

「驗屍報告沒有驗出二人服食安眠藥或迷幻藥物，劉定堅是微醉狀態，范志浩沒有喝酒。從玄關的監視器證明周婉芩大約在七時三十分離開，屋外街上的監視器證實她乘坐網約車離去，茱迪也證明她在七時五十分回家時看到劉定堅在書房聽音樂，八時傳短片給周婉芩，二名死者的死亡時間是晚上八時到十二時，各種證據證明案發時周婉芩不在現場。還有，找不到其他物件可以用作殺死范志浩的凶器，除了那一個煙灰缸。」

「屋內有沒有其他人？」

「屋內祇有茱迪和二名死者，茱迪有畏高症，不可能爬上陽台，也沒有能力和動機殺死他們，玄關的監視器也沒有拍攝她爬上書房，已經排除是兇手。案發時聯繫警方的保全系統沒有鳴笛，表示沒有入侵者，屋內和街外的監視器也沒有拍到有賊人偷偷潛入，要是你認為是第三者殺死他們，那麼兇手就是憑空消失，書房在裡面鎖上是個密室，獨棟屋的監視器、警報系統和街外的監視器是另一個密室，這是雙重密室命案呢。」

「那麼書房橡木門上是那抹污跡是什麼？」

「鑑識組用紫外光機檢測是血跡，屬於范志浩的，她割破了手指，跟著走進書房後關門，便把血液抹在橡木門上，況且你有什麼理據懷疑周婉芩？」

「周婉芩首次提起范志浩時語氣不屑，神情厭惡，另一刻卻說范是她的朋友，經常邀她到家聊天，顯然言不由衷；她聲稱不知道劉定堅生意的經營狀況，茱迪證明她與范爭論生意問題，但她又說沒有和范合資做生意，她在說謊。」

「你當然有合理懷疑，但是你沒有確切證據和動機指控她，她有完美的不在現場證據、誠實的證人和監視器片子的證據。」

「你聯絡了周婉芩的朋友嗎？」嫣想了一下問。

「我約了她的好朋友江小姐下午到她的辦公室見面。」

5.

他們來到江小姐的辦公室，接待員帶領他們到小會議室，不一會江小姐進來，寒暄後她直白問：

「步警官是否為劉定堅雙屍命案而來？你們懷疑婉苓？」

「祇是一般例行調查，上星期日晚上你們是否約會聚餐？周小姐何時抵達餐廳？」如嫣不置可否反問。

「是的，她大約八時到達餐廳。」

「她的表現怎樣？」

「她的神色如常，有說有笑。」

「你跟周小姐認識了多久？」

「我跟她在高中時認識，同班三年，進入同一所大學，我選擇會計系，她主修設計，副修藝術。」

「周的為人怎樣？」

「她長得秀麗，氣質優雅，喜好文學，性情溫柔，理智高尚，是虔誠教徒，非常潔癖，玉潔冰清如聖母瑪利亞。」

「周小姐是否處女座？處女座的女生白璧無瑕。」白揚最近迷上星座算命。

「白揚，我們在查案，不要插科打諢。」如嫣對他板臉。

「是的，婉苓是處女座。」江笑說。

「你認識她先生嗎？」

「認識！那個見錢開眼、唯利是圖、利己主義的市儈佬，祇要看到他的猶太鼻，獐頭鼠目，裝著假笑就知道他是個偽君子，婉苓不知為何對他一往情深？神魂顛倒，泥足深陷，以她玲瓏剔透的心思竟看不透他的真面目壞心腸嗎？屢勸不聽，也不再說她了。」江小姐怒道。

「愛情必要條件是男人要對女人好，女人才會包容男人的缺點及性格缺憾，二人的性格背道而馳，最終還是結婚了，劉也很愛周吧？他們怎樣認識？」

「愛不愛？真的不知道。婉苓畢業後加入設計公司做設計師，當時劉在地產公司做經紀中介，劉的客戶要裝修新買的公寓找他幫忙，他認識婉苓的老闆，派遣她擔當事宜，劉初見婉苓驚為天人，死皮賴臉，窮追不捨，經常跑到婉苓的辦公室及負責設計的公寓踹躂，在她身邊團團轉刻意討歡心獻殷勤，熱烈追求。」江嘆一口氣說。

「劉如何打破周的心防？」

「無非是他弄虛作假的精湛演技，婉苓受到感動卸下心防，她柔情似水地對我傾吐一個寒風凜冽的冬夜她在加班，劉定堅不辭勞苦送上宵夜和暖水袋，她為他的真摯流淚，她抱怨設計圖則笨重說搬不動，劉立即放下宵夜，專注為她效勞，她至今仍無法忘懷他那辛勤的背影，婉苓幽幽說不再左思右想，毫不猶豫選定了變得認真，她受到矇騙看不明白他的虛情假意、工於心計的本性，他是個卑鄙小人。」江怒說。

「女人的感動是感性，瞬間凝聚，化為愛意，始終不渝，唉，哀哉女人啊。那麼劉定堅的為人呢？」

「他伶牙俐齒，樹上的鳥兒也可以哄牠下來，即使講屎屎屁的話題，他立即變身為專家講出一番道理，說謊話時神情認真，態度誠懇，前幾年他吹噓美國將要減息，樓價快要飆升，是入市的絕佳時機，憑他三寸不爛之舌騙得我和家人入局買樓，現在變了負資產，他卻沒有歉意，笑起來一雙眼睛不知有多壞，還玩世不恭遊說樓房快要升值，多買一層補倉，真的可惡可恨，好像鈔票隨處可拾，迄今家人仍絮絮叨叨埋怨信錯他的謊話。」

「周的家世如何？」

「她祖父從P國逃難到H市，後來父親移民到U市，普通人家而已，她是陋室明娟，可惜遇人不淑。」

「那麼劉不是為錢和她結婚。劉是怎樣發跡？」

「他不斷用呃神騙鬼的手段，誆騙買樓房的受害者，賺取第一桶金，利用財務槓桿投機、融資買股票，借小錢賺大錢，這幾年他走好運才掙到今日的風光，但是這種投機取巧的生意風險極高，隨時會輸身家。」

「你認識范志浩嗎？」如嫣秀照片給她看，江失聲說：

「原來是她，她以前叫范豔卿。」

「她為什麼會改名字？」

「怎知道？我跟她不太熟悉。」江一副事不關己。

「周與范的關係如何？」

「她倆是小學同學，感情十分要好，婉芩說她們經常牽著手一起上學，無所不談，稱她是閨中密友，但她當婉芩是豬朋狗友，她倆一起升讀中學直到畢業，我跟她同級不同班，經由婉芩的關係才認識她。」

「她為人怎樣？」

「眉疏額窄印堂狹，顴高唇薄吊梢眼，薄情相，見到這種面相的人要避之則吉，祇有婉芩心懷大愛的教徒才會接納包容她。范豔卿出身貧寒，家境窮困，經常發錢寒，整天想著錢，愛錢如命，憎人富貴厭人貧，心頭高，要是財迷心竅絕症發作，什麼低劣的勾當，下流的手段也做得出，什麼人也會出賣，如毒蠍子偷襲撲殺無辜的昆蟲。」

「她怎樣跟劉定堅合資經商？」

「也是婉苓介紹的，當時婉苓和劉已經發展成戀人。」

「周小姐不怕范豔卿撬牆腳[1]嗎？」

「憑她那副長相德行？況且，她也看不上劉定堅空心老倌的底細。不過，她和劉定堅倒是沆瀣一氣，狼狽為奸。」

「她也是女人嘛，男人都愛找小三。」如嫣旁敲側擊問。

「怎麼會？我從未見過她跟男人交往，也沒有帶過男朋友會晤我們。」

「你怎會知道劉定堅的底子是空心老倌？」

「早知不多嘴[2]，你像審計師，祇要透露少許，就會觸類旁通，追查到底。」

「拜託。」如嫣合十笑說。

「是婉苓告訴我的，三個多月前我倆聚會，她說劉定堅投機失利，快要破產了，屋子已經二按給財務公司換取現金，二輛轎車也拿去抵押。」

「但是劉定堅現在還不是過得很好嗎？他用了什麼方法扭轉劣勢？」

「我也覺得奇怪，他施展了什麼魔法呢？不過，婉苓講了些奇怪的說話，很深奧無法揣測。」

「什麼莫測高深的說話？」

---

1 横刀奪愛。

2 說話隨便，出處《淮南子說山訓》。

「二個星期前我們又見面，她滿懷心事，心不在焉，問她卻欲語還休，突然幽怨喃喃說小周后的遭遇很羞愧可憐，我愣住，不知應對，她嘆息說被背叛，還是雙重背叛，我心感不妙追問她，她推說累了要回家休息，看到她落寞悵惘的背影，不知如何安慰她。」江自怨說。

「那真的很費解呢。要是你想到什麼，請告訴我們，謝謝你。」

二人駕車回警署，如嫣問白揚：

「小周后遭遇什麼事情？」

「呀，步警官也會不恥下問吔。」

「我不問你，我問chat GPT。」如嫣賭氣反駁。

6.

晃過幾天的早上，劉定堅的會計賬目已經釐清，其他證據也呈上，如嫣看過說：

「劉與范各自負責幾個項目，劉包攬的投資全軍覆沒，損失巨大，范承擔的專案有賺有蝕，整體仍有微利，成績比劉好，證明范更有眼光能力，可是他們公司的財務狀況仍未窘迫至山窮水盡的地步，況且，最近他們有匿名投資者提供資金。」

「步警官想表達什麼？」白揚不明所以問。

「周婉苓告訴江小姐劉定堅在破產邊沿。」
「可能周誤解了，胡亂解讀，她說過不大清楚劉定堅的經營狀況。」
「我懷疑茱迪看到劉定堅聽音樂有問題？」如嫣也不跟他爭辯。
「那倒有一個解釋啊。」白揚打趣說。
「說來聽聽。」
「劉定堅的書房牆壁本來是紅色，經過檢測上面的塗料含有四氧化三鐵，那是錄音磁原料。」
「有什麼關係？」
「一九九二年某日雷雨天，遊客驚見P國故宮博物館的宮牆通道有宮女列隊行走，專家解釋清朝時經常有宮女走過，紅色的宮牆含有四氧化三鐵，也許具有錄像帶功能，將宮女行走錄像，巧合在閃電時激活重現影像。新書房的牆壁具有同樣功能，劉定堅經常在裡面走動聽音樂，將他的模樣錄像在牆壁上，祇要預先熄燈，開著音響和派對閃光燈，茱迪回來時便聽見音樂播放和閃光明暗不滅的效果，整體條件拼集湊合，便將劉定堅的影像活靈活現地展示，矇騙茱迪劉定堅仍活著。」
「不要瞎編啦，四氧化三鐵祇有錄音功能，沒有錄像功能，即使有錄像功能，書房三個月前已經塗上奶白色，紅色塗料已經被刮走，祇餘微量四氧化三鐵。」
「那麼你同意劉與范互相殘殺而死？」白揚沾沾自喜。

「沒有，我祇不過指出四氧化三鐵的謬論。我覺得一切安排太巧合了，當中必定有詐。」

「是嗎?茱迪說看到劉曾經走向陽臺，是立體效果，劉與范的死亡時間證實是晚上八時至十二時，周婉苓已離去，除非你能夠證明二人死於七時三十分之前，要是你懷疑，你定然要拆解種種謎團。」

「書房橡木門的血跡屬於范志浩，位置在門上，不是在門把附近位置，這可有點奇怪，我要攪清楚在什麼位置，還有其他事情要再查問茱迪。」

二人來到劉家，茱迪已在等候，領他們到客廳安坐，茱迪坐立不安說：

「Mum告訴我你們到來，吩咐我要講事實，不要煽風點火，影響你們查案。」

「了解。你說過佢好鹹濕，摸你屁股，『佢』是那個？」

「是范小姐，她經常揩我油[1]，緊緊摟抱我，借故碰我的胸，摸我的臉蛋，最可惡捏我的屁股，令我很困擾啊，我是虔誠教徒，不會搞同性戀，我在菲律賓有男朋友，在U市賺夠錢便回去買地起屋結婚，做點小生意生孩子啊。」茱迪臉上一紅，氣憤不平說。

「最近有沒有發生奇怪事情？」

「你指什麼事情？」

1 非禮輕薄。

「關於Mum。」如嫣直接指明。

「有很多啊，你們不會告訴Mum我在她背後講她的是非？」茱迪懵懂坦白問。

「衹要你講的是事實，就不是是非啦，況且我們是警察，絕對保密。」

「三個多月前我做好晚飯，上樓到主人房叫Mum和先生吃飯，房門半開，看見先生情緒低落，神情沮喪，Mum摟住他的頸項，握緊他的手關切地追問他想說什麼，先生痛苦地搖頭，Mum瞥見我在門外猶豫，交代不吃晚飯打發我，大約半小時後范小姐匆匆到來，是Mum打電話給她吧，她趕忙拉著Mum到客房，鎖上門，過了好一陣子，Mum換上名貴洋裝，穿戴整齊，化了淡妝，神情肅穆上街。」

「那麼先生和范小姐做什麼？」

「二人走到以前的舊書房，即現時改為另一間客房，我到樓上的小廚房拿取保冷劑軟包，要來冰著食物星期日聚餐用，我聽到書房有碰杯聲，而且不止一次呢。今天我發覺少了一個軟包，可能上星期日被同鄉朋友不留神拿走了。」

「Mum何時回來？」

「不知道，第二天我端早餐到以前的主人房沒見到她，書房也鎖上門，可能她在書房與先生過夜，我把早餐放在門口才上街買菜。」

「新書房幾時重新裝修？」

「過了一個星期後，大約二個月後完成，期間先生多數睡在舊書房。」

「也沒有什麼特別呢？」如嫣若無其事說。

「還有啊，上星期六晚Mum又再出門，這次她穿著一襲無袖黑色配金色雙刺繡花，長下襬的高叉旗袍，披上白色貂裘，露出白嫩的胳臂，肌膚勝雪，劃了一個完美濃妝，塗上閃亮唇蜜，豔光照人，踩著三寸高跟鞋，搖曳生姿，步履輕佻出去。」茱迪露出羡慕的表情。

「Mum這幾天有沒有盛裝上街？」

「先生死了之後，Mum沒有上班也沒有上街，整天留在房間對著聖母像祈禱，偶爾上教堂，她真的很愛先生啊。」

「Mum做彌撒的教堂在那裡？」

「她去的教堂在F區。」

「還有什麼特別的事情嗎？」

「上星期有一個網購店包裹快遞給Mum，上面有一點破損，Mum看到繃著臉問我有否拆開？我連聲否認，她還是悻悻然，裡面可能是另一座新的櫸木聖母升天像。」

「什麼新的櫸木聖母升天像？以前有一個舊的嗎？」

「是啊，我很喜歡那個聖母像，便問Mum去了那裡，她說跌爛丟掉了。」

「這也差不多，我們想到書房看一下。」如嫣開步走，茱迪叫住她說：

「還有一件事，我見過先生跪在Mum跟前，摟住她的腰身痛哭，我記得是范小姐割傷手指之後的事情。」

「Mum有什麼反應？」

「Mum沉默平靜，像極油畫裡的主耶穌寬恕罪人的神情。」

如嫣和白揚來到書房的橡木門，滑手機秀出血跡照片，比對後大約在一百六十厘米的位置，再檢視天花的裝置，祇安裝閃光燈設備，二人謝過茱迪離去。

7.

二人回到警局白揚懷疑說：

「周婉苓二次上街在穿著、妝容和態度多方面也迥然不同？這是一個疑點。」

「為什麼她會對包裹受損而生氣，她買了什麼？你調查一下，還有，你去查問接載周的網約車主，送她到那裡？」

「為什麼你對血跡的位置那麼在意？茱迪大約一五五厘米高，已排除是兇手，周婉苓跟你一般高，約一六八厘米高，但她已經離去，范志浩約一六零厘米高，額頭被砸得血流披面，劉定堅中刀，二人同時死去，范根本沒有可能走到橡木門抹上血液，況且其他方也沒有血跡啊，唯一可能是范不經意把割傷手指的血液抹在門上呢。」

「但是隨後發生一連串的事情啊。」如嫣出神說，白揚伶俐地去幹活。

第二天早上白揚報告：

「周婉苓在網購店買了一個巨型注射器，她和范志浩的手機找不到預訂網約車的記錄。」

「那麼她怎樣約車呢？」

如嫣想了一下，拿起劉定堅的手機查看，找到周婉苓二次網約車的訂單，挑一挑眉，查看劉的手機，他的手機是蘋果最新型號，具備許多稀奇功能。

白揚詢問了周婉苓第一次上街的網約車主D，D稱他接送周到對岸半山豪宅區ＸＸ大廈，第二次網約車主E也稱接送周到ＸＸ大廈。

「半山那一區是不少億萬富豪的住宅。」

「你找同事邀請那二晚當值的保全到來查詢，我們去F區的教堂探望周婉苓的神父。」

如嫣二人去到F區天主教聖約瑟堂，教堂建於是一九五三年，外形似英國鄉間小屋，外牆利用當地出產的灰色花岡岩砌成，裡面呈四方型，圓拱的石製通道引向聖所和祭壇，後方牆上繪畫一幅巨型壁畫，聖堂中央放置「獻耶穌於聖殿」的東方聖像畫。他們找到神父表明身份及目的，如嫣問：

「神父，周婉苓最近到來是祈禱，還是痛悔？」如嫣單刀直入問神父，他對她笑而不答。

「我明白你們的聖職要為教友的痛悔保密，這樣吧，我問你問題，你不用出聲回答，祇要點頭代表是，搖頭代表不是。」神父點頭答應。

「周婉苓是虔誠的天主教徒？每星期都到來做彌撒？」「是。」

「她到來是痛悔？」「是。」

「她第一次痛悔？」「是。」

「她犯了七宗罪？」「不是。」

「她犯了十誡？」如嫣想了一下問，「是。」

「她是否犯了不可寬恕的罪？」神父搖頭，停了片刻，竟點頭。如嫣皺緊眉頭，臉露困惑，白揚茫無頭緒，如嫣慎重問：

「她是否有如主耶穌被猶大出賣？」

「對不起，我不知道，你問得太多了，要是沒有其他事情，我還有事要忙。」神父果斷拒絕。

二人離去，在車上討論，白揚滑手機後說長道短：

「七宗罪分別是傲慢、嫉妒、憤怒、懶惰、貪婪、淫慾、暴食，周婉苓向神父痛悔是犯了嫉妒和淫慾二項罪。」

「為什麼？」如嫣深感興趣問。

「據周的好友江小姐說周與范自小認識，感情要好，後來二人發展為蕾絲邊，證據是范是女同性戀，她擔當男人的角色，從她由范豔卿改名做范志浩不言而喻，周是雙性戀，她與劉定堅結婚可證實，周介紹范給劉拍擋做生意，據周婉苓的證詞指劉與范時常在書房通宵工作，周婉苓懷疑二人幹了不可告人之事。」

「什麼不可告人的秘密？」

「說話無須那樣露骨嘛？想也想得到啦，做愛囉。」

「啊，請繼續。」

「周既嫉妒劉，也嫉妒范，她不想二人經常親密膩在一起，周祇想單獨擁有二人，周胡思亂想，為了報復劉與范有染，把心一橫在外面找男人，從她二次夜間外出可以證明，她犯了十誡的不可姦淫罪。你認為如何？」

「要是劉與范有染，劉又何須強暴范，你認為周不是兇手，那麼誰殺死劉與范？」

「他們為錢財互相砍殺而死，二人死在雙重密室，沒有第三者入侵，你也沒有證據證明二人被周婉苓所殺，還有周的殺人動機呢？」

「真是偉論，我們回去查問那二晚當值的保全。」

保全G是個長相敦厚的中年人，寒暄後如嫣問：

「請講述周婉苓二晚來到XX大廈的情形。」

「周小姐第一次在三個多月前的星期六晚上到來，她穿著保守的洋裝，神情誠惶誠恐，好像害怕什麼事情，仍不減顏色，五官精緻，楚楚可憐，端莊秀麗動人。第二次是在上星期六晚上，她踩著高跟鞋，咯咯有聲，姿態美妙，人未到已經香氣襲人，她脫胎換骨變身絕色尤物，雪白的肌膚，粉嫩的臉蛋，挑眉淺笑，舉手投足，撩人心弦，旗袍的高叉開到屁股，長下襬肆意搖曳擺蕩，修長白皙的美腿若隱若現，全身線條玲瓏浮凸，妖豔誘惑引死人。」G回味無窮說。

「那麼她的態度？」

「這個嘛？」G想了想說：

「她好像一不做二不休、豁出去的樣子。」

「周小姐去那裡？」

「她搭乘專用升降機上頂樓。」

「那是誰人的住宅？」

「是億萬富豪金先生的府第。」G接著加了一句：

「眾多探訪金先生的女子，她最出色。」

8.

送走G後，如嫣問白揚：

「金先生有什麼小道消息？」

「也不是什麼小道消息啦，他的男女感情瓜葛、桃色糾紛、私生子醜聞、家族爭產不絕於耳，是編造新聞增加流量的對象，ＫＯＬ的肥田料，更是八卦新聞的熱搜，他的女人都是一些半紅不黑的小明星、名媛交際花等，網民津津樂道，說三道四當下酒菜，他極度好色，江湖傳聞他的豪宅設置了一個鏡房。」

「鏡房？」

「據說他超愛在嘿咻時玩變態花式，將女人擺弄各式各樣的造型，在圍繞的鏡子欣賞她們不同角度的姿勢，從那房間出來的女人都不會是清白。」

「那對正常女人是一種屈辱。」

「我不知道，我不是女人。」白揚不懷好意地看她，如嫣白他一眼。

「周婉苓是良家婦女，怎會跟金先生牽扯上？我們要查訪他。」

「你怎能隨便見到他？想要見他，要老闆出馬靠關係請求。」

第二天極早他們來到金先生的頂樓府第，偌大的玄關，四周設置監視器，一名相貌端正的中年男子接待他們說：

「金先生已經在書房等候，你們祇有三十分鐘，長話短說，他要回公司開會。」

「過時怎樣？」

「要看金先生的心情。」男子打量如嫣說。

「還有，這是非正式見面，不許錄音、筆錄、錄影拍照，麻煩你們將手機電腦或針孔鏡頭交給我保管，離開後歸還。」

男子領著他們經過走廊進入客廳，豪宅是複式，樓上是睡房，樓頂懸掛巨大的水晶燈，前面是一百八十度落地玻璃門，外面廣闊的露台對著海港，右邊旭日初昇，金光灑滿露台，走到書房，牆上安裝監視器和對講機，男子按下密碼再敲門，等了一會，木門打開，男子介紹後退下，中年男子身穿高級料子藍色細條的三件套西裝，淺藍襯衣，絲質領帶是含蓄的黃色，霸氣坐在真皮黑色大班椅，精明的眼神、劍眉鷹鈎鼻、二片厚嘴唇，他仔細端詳如嫣後才站起來，中等身量，肌肉結實，西裝貼身剪裁，隔著桃木書桌伸出手，手掌乾淨柔軟，沒有配戴黃金粗手鍊或濃綠翠玉戒指，腕戴格調高雅名貴手錶，從容不迫說：

「步警官，你素顏也很靚女啊。」

「早晨，金先生您好。那不是讚美，我的能力才是我的名片。」如嫣合十點頭還禮，金先生姿態瀟灑收回手，邀請他們坐下問：

「步警官，有何貴幹？」

「劉定堅的太太周婉苓是否到訪？」

「是的，她探望我二次。」

「她為何到來？」

「她到來傾談生意。」

「誰的生意？」

「是劉定堅。」

「什麼生意？」

「投資生意。」

「交易成功嗎？是否有附帶條件？」如嫣坦率問。

「步警官，你真的很好奇，要不要帶你看看條件？」

「我才不會踏進那房間。」

「步警官，你真的很有趣。可惜啊。」

他拿著搖控器沉穩地走到如嫣跟前，側身坐在桌上，如嫣挪開了一下，他對著機器一按，四面徐徐垂下窗簾，房燈熄掉，投影儀在前面白色的簾幕播放片子，近鏡一張圓形大牀，金先生裸體側臥，中鏡周圍和天花鑲嵌的鏡子，接著播放周婉苓正面裸體，花容失色，如履薄冰、不寒而慄走向前，他似飛鷹獵羊遽然攫她上牀，圓牀緩緩轉動，她如一隻獻祭的待罪羔羊，他粗暴地與她做愛，恣意妄為，任性地將她擺弄造成各款一塌糊塗的形狀，無數個周婉苓痛苦飲泣，慘不忍睹的姿勢在鏡子連續不停地轉動變化，片子完畢，窗簾昇起。

「那是不道德的交易。」如嫣一語道破。

「周婉苓是自願的。」

「她是貞潔教徒，為什麼會這樣犧牲？」如嫣喃喃自語。

「願死也為情，這是女人的死穴[1]，也是詛咒。」他側頭看著她。

「真是愚蠢至極。」

「祇是你還未遇上。我沒有用強，也不喜歡勉強，強迫就太沒有意思了。」他語帶相關看著如嫣。

「周婉苓二次到來有什麼不同？」如嫣無視他，沉住氣問。

「你真的很想知道？」他一臉壞笑看著她。

「是，不帶任何條件。」如嫣正氣凜然。

「快人快語。第一次她是個節婦，第二次是個蕩婦，她那襲黑色性感的旗袍裡面沒有穿著內褲。」

「怎麼會有如此巨大的轉變？你對她說了什麼狠話？」如嫣抬眼問他，他凝視她，忽然伸手摸了她的臉蛋，如嫣嚇了一跳，連忙抽身怒道：

1 罩門。

「你……」

「你認為呢？我要回公司開會，你們請便。」

他不慌不忙，按鈕打開大門，對著如嫣含笑相送，如嫣扭頭就走，外面的男子滿頭大汗，神情焦急請他們出去。

二人駕車回警局，白揚搖頭晃腦地損她說：

「原來過了一個多小時了，都是你恃靚行兇之過，對他咄咄逼人，以為吃定他，他才會對你出手教訓，調戲輕薄你。為什麼你不敢踏進鏡房見識一下？讓我也開開眼界嘛，你怕他到處炫耀哄了女警官上牀？用不著擔心，他說強迫就太沒有意思了。」

「你再說，我就揍你。」如嫣怒不可遏對他咆哮，白揚仍不知好歹繼續：

「我已經提醒你金先生極度好色，可是你明知山有虎，偏向虎山行，還一副不入虎穴，焉得虎子的氣概，你不要惱羞……。」如嫣一拳打在他的面頰。

9.

如嫣對著紛亂雜陳的證據思考，白揚不敢招惹她。

過二天，如嫣約了周婉苓第二天登門造訪。

如嫣和白揚如期而至，茱迪稱周在睡房等候，房門打開，書桌上的麝香百合清香四溢，周婉苓對著黃楊木聖母像祈禱，主客寒暄後，如嫣直白劈頭第一句說：

「劉先生與范小姐是他殺。」白揚一驚。

「他們怎樣被殺？」周淡漠問。

「兇手用硬物砸在范志浩的額頭將她殺死，凶器是那一座失蹤的櫸木聖母升天像，接著用了她的防狼刀在劉定堅背後偷襲，插中他的後心殺死他，他們是在七點三十分前被殺死的。」

「怎麼會？茱迪在七時五十分回來時，看見劉定堅生龍活虎聽音樂。」白揚氣急敗壞問。

「兇手在案發現場設置了詭計。」

「什麼詭計？」白揚追問。

「我先拆解兇手的布局。兇手殺死二人後，拖了范志浩的屍體到書房，剝光她的衣服，用巨型注射器插破她的處女膜，磨損她的陰道，將收集到劉定堅的精液注射入范的陰道，剝掉劉的褲子和內褲，將二人的屍體擺放造猥褻的姿勢，形成范志浩被劉定堅強暴後，用防狼刀在他的後心插死他的假象，兇手不能脫掉劉的襯衣，兇手偷襲殺死他時，也將襯衣的纖維插入劉的體內，要是勉強脫掉劉的襯衣，警方還是會在傷口檢測到襯衣的纖維，這樣做成一個疑點，兇手祇好讓劉穿上襯衣，形成劉穿著襯衣礙手礙腳強暴范的不合理現象，兇手塑造二人歡喜佛求歡的猥瑣造型，除了是兇手特別對范志浩怨恨外，還有另一個部署。」

「為什麼要范志浩擺出那個被嘿咻的怪異姿勢？劉為何沒有強暴范？」

「是要報復范的背叛，陷害聖潔的兇手遭受金先生的屈辱，兇手知道范仍是個處女，就算殺了她，兇手也要利用劉的屍體羞辱她，以洩心頭之恨。劉不可能強暴范，劉知道范是同性戀，不喜歡男人，范的投資眼光和能力比劉高，劉絕不會摧毀會生金蛋的鵝強暴范。」

「聖母像、防狼刀、巨型注射器，還有誰人能輕易取得劉定堅的精液？」白揚望向周婉苓，周神情莊嚴合十對著聖母像念念有詞。

「書房密室是怎樣打造？劉定堅在八時仍活著的詭計？還有橡木門上的血跡謎團？」

「我從金先生用投影儀播放片子得到靈感，書房沒有安裝投影儀，但是劉的手機具備投影儀功能。兇手擺放好二人屍體後，再將劉定堅新型的蘋果手機架在奶白牆壁前面，利用投影儀播放劉定堅走動的片子，橡木門的血跡是兇手砸死范志浩時，范的血液飛濺在兇手的臉上，兇手不知道臉上沾染了范的血液，進人書房後意外地將血液抹在橡木門上面，茱迪身高一五五厘米，范志浩身高一六零厘米，兇手跟我一般高一六八厘米，那是她穿上半跟鞋，減去半跟鞋，兇手大約一六五厘米，臉上濺血的位置差不多是一六零厘米，恰好是橡木門血跡的位置，兇手完成裝置後，用帶鈎的繩子爬到地下，避過監視器的拍攝，跑到後門入屋，七點三十分離開，書房密室就這樣打造。」

「那麼怎樣騙過茱迪？」

「我們回到茱迪的視角，當她匆忙回家，望向陽台，天色闇黑，書房二邊紅色窗簾拉到中間二旁，前面是鐵欄杆陽臺，上面是窗簾頭，框成一個長方型的大螢幕，從大門看望好像觀看電影，在茱迪回來前手機已經開始播放片子，音響和閃光裝置也開著，音樂播送，光線明暗閃爍，茱迪這樣看見劉定堅活生生在聽音樂，誤導她給了一個扭曲的證據。兇手特意在八時傳簡訊檢查茱迪是否準時返家，確定茱迪看見劉定堅聽音樂，通過應用程式遙控關閉音響、閃光裝置，茱迪在八時三十分沒有聽到音樂聲，證明遙控關機的詭計，手機則可預設時間關機，目的為兇手提供不在現場證據。」

「死亡時間證實是八時後是怎樣做到？」

「第二天兇手如常上班，等候茱迪發現命案，兇手匆忙回家，決定用長梯爬上陽臺到書房，她已經算準茱迪患了畏高症，不可能爬上長梯，兇手有充足時間清理推遲死亡時間的裝置。」

「你不要長篇大論，快點擊破兇手的詭計。」

「兇手利用保冷劑軟包冰凍屍體，延緩死亡時間，兇手將保冷劑軟包放在人體的五大保暖穴位，分別是大椎穴在後頸、陽池穴在手背近手腕位置、神闕穴在肚臍、三陰交穴在小腿外側近腳踝位置、湧泉穴在腳底，保冷劑軟包冰著穴位能夠迅速吸熱加快屍體降溫，屍體的造型也是絕妙詭計，范的頭枕在軟墊上，劉的頭枕在范的肩膀，最重要是屍體肚皮貼肚皮，剛好能夠挾住多個保冷劑軟包，它的冷凍效果達十至二小時，證據是范枕過的軟墊有水跡、地氈近沙發有二處水跡、二人的肚皮有水份，現在是春天，中間的落地玻璃門打開，晚間仍寒冷，二人短暫做愛怎會大量出汗？證明保冷劑軟包吸收屍體的熱量凝結成水份，混淆死亡時間。」

「你怎樣識破兇手的手法？」

「是茱迪的證詞，她說樓上的冰箱少了一個保冷劑軟包，好端端怎會少了一個，我推測兇手處理大量保冷劑軟包時，也一拼拿走茱迪的軟包。」

「步警官，你很細心很厲害，他們都該死。」周冷冰冰地承認。

「你為什麼要殺死他們？」白揚詰問，周不理睬，繼續祈禱。

「我想是背叛，江小姐的證詞說你自言被雙重背叛，同情小周后淒慘的遭遇，你將自己比作小周后，猶如你遭受金先生變態的屈辱，小周后是中華歷史最受羞辱的女人，南唐後主李煜國破家亡，押送到汴梁囚禁，如你喜愛任白[1]的粵曲《去國歸降》，後主封為違命侯，小周后時常被召到宮中侍寢，回去必痛哭辱罵後主，小周后被逼迫在眾目睽睽表演生春宮，姚叔祥在《見祇篇》描述后戴花冠，兩足穿紅襪，襪僅至半脛耳，裸身憑五侍女，兩人承腋，兩人承股，一人擁背後，身在空際，太宗以身擋后，后閉目轉頭，以手拒太宗頰。宋太宗趙光儀強幸之，命宮廷畫師將行淫過程畫下來，後人稱此畫為《熙陵幸小周后圖》，將無恥醜事流傳於世。」

[1] 粵劇名伶任劍輝和白雪仙。

「真可憐啊。」白揚嘆氣。

「你第一次受辱金先生向你透露他與劉和范交易的特別條件，你對二人恨之入骨，精心計劃報仇，證據是三個月前將主人套房改做書房，對著院子大門的牆壁塗上奶白色，用作播放片子的螢幕，閃光裝置和深紅色窗簾，第二次你再應召到金家，你動了殺機，證據是你的態度變得自暴自棄豁出去，金先生形容你是蕩婦，之後你到教堂為第二次到金家的淫行痛悔，你認為第一次到金家是為劉定堅犧牲被強暴，神父對你所犯的罪搖頭又點頭，自相矛盾，神父搖頭，他的意思你對第二次到金家感到內咎，犯了七宗罪的色慾通姦罪，你答應不再犯，上帝就原諒你；可是你犯了十誡不可殺人罪，神父點頭，二者並存，沒有違逆，證明你就是殺人兇手。」

周婉苓面無表情看她一眼，對著聖母像懺悔。白揚追問：

「殺人動機呢？金先生對周婉苓講了什麼說話，令周動了殺機？」

「會計明細賬目證實劉與范的公司收到巨額投資，匿名投資者就是金先生；茱迪的證詞包括三個多月前劉定堅對周婉苓欲言又止，表情痛苦無奈，周急電范到來查問，接著周打扮整齊離去到金家，茱迪聽到劉與范碰杯，表示劉與范已經說服周婉苓到金家陪睡；之後周與范為投資事情爭執，范的手指受刀傷，怒氣沖沖去找劉，接著劉對周跪地痛哭，表示劉與范的陰謀已敗露；上星期六周婉苓第二次應召到金家，星期日發生雙屍命案，我推測殺人動機是劉與范一而再，再而三勸說周去陪睡背叛了她，對周是重擊，也是悲劇，周鐵了心殺人。關鍵是劉和范最初如何說動周到金家獻身？可是，為什麼周精心策劃後，不即時殺人，卻延遲到三個月後？」

如嫣沉默，看著不可褻瀆的周婉苓，周心如止水說：

「他們費盡心機引我入彀，心甘情願、無怨無悔向金先生獻身，三個多月前他開始滿懷心事，神不守舍，不思茶飯，我關心問他發生什麼事情，他滿不在乎摟緊我安慰沒有什麼大事情，但是每天看見他坐臥不安，令我擔心不已，惴惴不安，我沒辦法轉去問范志浩，她推搪叫我問劉定堅，存心吊我胃口，他們算準我會悄悄打聽，故意深宵在書房唉聲嘆氣，有意無意洩露投資失利，讓我發現房子和車輛已經拿去抵押。」

「他們打心理戰，愈是隱瞞，愈是令你疑惑，驅使你主動發掘真相。」

「時機成熟，一個晚上他對著手機憤怒咆哮說『我絕對不會答應你下流的要求，那是我最寶貝的。』接著狠狠摔掉電話，我摟住他的脖子問什麼東西最寶貝？他欲哭無淚猛烈搖頭說『不能啊，絕對不能啊。』跟著情深款款看著我，痛苦莫名說『不，你不要為我犧牲什麼。』令我如墮五里霧中，摸不頭緒，可是，心裡反而感到很踏實，他很在乎我。」

「他摸清女人的心理，若然男人強硬地拒絕，女人才會相信男人是疼愛她，女人才會義無反顧為他放棄更多，要是男人對女人的犧牲從不回報，每次都當女人的付出是理所當然，女人會很傷心，男人對女人最要命的回報，就是如何懂得拒絕女人，比方女人說把身體給男人，男人說『不，不需要，我喜歡的是你。』這樣女人才會毫不猶豫給男人。你中了他們巧妙設計的圈套，跟著輪到范志浩出場吧。」

「你猜得很對。我立刻打電話給范志浩，她來到對我說他們的投資失敗，輸得一敗塗地，恐怕要破產，絕不能翻身，我問她怎麼辦？跟著她換過憐香惜玉的口吻說還有轉機，接著又嘆氣說劉定堅絕對不允許我為他犧牲，臭罵她永遠不要提起這件事，我追問她，她滿臉陰鬱說金先生答應投資他們的公司，可是附加一個卑劣的條件，她難以啟齒說金先生要我陪他一晚，我猶豫，一咬牙打定主意答應了，她說最好瞞著劉定堅偷偷到金家，她代我約網約車，到書房纏住劉定堅。」

「女人不介意付出，幾番掙扎為他犧牲，但總希望男人會拒絕答應，她才會感動，覺得值得。二人很會演戲，使出鬼蜮伎倆，利用范志浩以第三者評價劉定堅肯定拒絕你為他犧牲，重申劉真的很愛你，攻心為上打動你，很卑鄙的手段，他們真的是一對如狼似虎的邪惡小人啊。」

「金先生對我說劉與范並沒有破產，祇是貪得無厭為了金錢將我出賣給他。我半信半疑，於是向茱迪了解我上班時劉定堅的行為，他快活無憂大啖脆皮乳鴿，我在他的手機找到預訂網約車的紀錄，查看他的會計賬目，發現他們投資失利，但是仍有本錢東山再起，三個月前他們收到可觀的資金，那是金先生答應的投資，我詢問范志浩他們的生意狀況，她竟然拿出防狼刀自殘的失常反應，割傷了手指，接著劉定堅跪在我的跟前痛哭，裝出很心酸哭訴他什麼也不知道，對我偷偷為他犧牲心如刀割，辜負了我，這一世也還不了，祇能愛我一萬年才能補償，我感到悲傷痛苦，我愛他太深嗎？仍然以主耶穌大愛寬恕世上的罪人給他機會悔過，希望從萬惡的深淵拯救他。」

「可是突生變故？」

「上星期他和范志浩厚顏無恥求我要再救他們，金先生要我再陪他一晚，我二話不說，一口答應，他很意外，摟住我求歡，我推開他，心裡著實鄙視討厭他，我給他機會贖罪，他不知悔改，變本加厲，我弄清楚了，他們再三為了金錢出賣我、背叛我，汙辱沾污我的清白，范志浩背叛我真誠的友情，劉定堅背叛我無玷的愛情，我以為他會永遠愛我在乎我，一生一世愛護我保護我，但是，一切也變了調，我鐵心鐵意要他們付出終極的代價。」周婉苓冷若冰霜說。

「女人的愛情在做愛後才開始，男人的愛情在做愛後已經結束，這是女人愛情的悲哀。你又何苦為一個流氓壞蛋斷送一生，愛得如此扭曲？」

「不識廬山真面目，祇緣身在此山中。你未心痛過，怎會知道？」周婉苓落漠回答，跪拜聖母像虔誠靜默祈禱，宛如聖潔的處女，二人離開，白揚納悶問：

「女人愛情的奧祕太複雜了，遠超出男人的想像。」

「對一般女人男人祇要給予她三樣東西，愛、幫助、美好的性生活，女人就會至死不渝對男人。」

「你的意思指周婉苓不是一般女人？你不怕她自殺嗎？」白揚憂心忡忡。

「她的宗教不容許她自殺，她的怨恨支撐她生存下去，此恨綿綿，那是她終生遺憾的愛情。」

《網絡情緣》

1.

孟朗已經視如嫣的家為懶人窩，經常跑上去躲懶，她也識趣自攜食物飲料，不時送小禮物給伯母。今天她又誇誇其談：

「H市第三件政治案是四十七人初選案，各人被控『串謀顛覆國家政權』。」

「詳情如何？」如嫣看著她綁著繃帶的手指不停擺動。

「二〇二〇年七月一日H市宇宙適用的《國安法》生效，以和平占中發起人，H市大學法律系前副教授戴耀廷為首，組織在二〇二〇年七月十一至十二日，舉行非官方初選，選出代表參加同年九月六日的立法會選舉，希望在立法會大取得多數控制權，以否決政府議案，甚至迫使特首辭職，當時超過六十萬名選民參與初選投票。」

「這不止是挑戰，是直接攻擊中共國獨裁政權的安全，推翻中共國王朝。」

「各人本著我不入地獄，誰入地獄的浩然正氣吧。各人被控告使用武力或非法手段達到顛覆國家政權，幾名議員被告濫用《基本法》職權已構成『非法』；辯方則爭議否決預算案令到特首辭職是《基本法》訂明的機制，目的是尋求向政權問責，追求《基本法》承諾的雙普選，不是顛覆，議員投票不是法律問題，是政治問題，法庭不應干預。案件在二〇二三年二月正式開審，控辯雙方十二月初完成結案陳詞，二人無罪，四十五人有罪，於二〇二四年十一月重判各人四年兩個月至十年的刑期。」

「控罪大有問題。」

「對啊，原因是控罪的荒唐及滑稽，除非其他被告已經在立法會任職，擁有公權力，及成功在立法會取得多數控制權，控方的指控才能夠變成合理懷疑，可是各被告是一介草民，根本沒有公權力，控方假設了一樣不存在的東西做法律控告依據，若然這樣可以成為一個控罪的話，這樣就很嚇人了，變成不是純粹『以防犯之名』濫用《國安法》，或者『泛國安法化』運用《國安法》，而是控方憑空想像已經可以控告你。」

「四十七人的行為是《基本法》賦與的權利，合情合憲，若然H市共政府認為符合及遵守《基本法》的做法是『武力或非法手段』，那麼整部《基本法》也是違反《國安法》，反共產黨和反中共國的非法文件。」

「你倒很了解中共國的流氓手法。現在四十七人初選案被告罪成判刑，證實祇要H市共政府說你有罪，你就有罪。」

「真叫人無奈。」

「唉，路遙知馬力，日久見人心。」接著孟朗嘆氣說。

「此話怎說？」

「四人變節認罪自保被傳召做證人，當中林景楠在保釋其間稱從銀行借來十萬元開設泰式雜貨店，短短四年擴展為二十多間超市，最近泰國Big C以六千七百萬收購，發跡之迅速宛如平地一聲雷，虧他二個兒子的名字叫自由、良知。」

「原形畢露啊。」

「張秀賢混水摸魚，從中獲利，他於二〇一四年九月二十七及二十八日參與占領中環行動而被控『煽惑他人作出公眾妨擾』及『煽惑他人煽惑公眾妨擾』罪，該案件於二〇一九年四月九日在西九龍裁判法院進行裁決，二項控罪最高判囚七年，他祇被判兩百小時社會服務令。」

「自家的狗狗嘛。」

「還有趙家賢被兇狠小粉紅咬掉耳朵出名，何俊仁對他老婆傳話，說認罪是理解，但要憑良心說話要說全部事實，趙將何的說話告訴國安處，何被控以國安罪還押在牢。若以歌手阮民安因在二〇一九年對送中修例示威，判囚二十六個月，出獄後堅拒國安處利誘變節收編，《基本法》二十三條通過後遠走英國移民，與各人的行徑比較真是相差太遠了。」

「江山代有無賴出，各領風騷數百天。臺灣也有許多舔共青年，一副中共國滿嘴謊言的口吻，他們肆無忌憚批評賴清德，卻不敢在公開媒體批評P國一尊半句，要是挑戰他們必須回到P國享受美好生活，他們必定東拉西扯，顧左右而言他，畏首畏尾。」

「這是民主制度和專制極權的分別，臺灣的年青舔共者不是不明白，就是利慾薰心嘛。」

「不過，也有人風骨錚錚，如前立法會議員長毛梁國雄在庭上說『對抗暴政無罪，無罪可認』，本土派人士鄒家成逐字表示『不，認，罪。』」

孟朗停下來喝口水，如嫣好奇問：

「你的手指怎麼啦？包了繃帶。」

「都是林靜莎的外甥惹的禍，我看他趣怪可愛，逗他玩樂，那小子正出乳齒，經常啃咬東西，捉住我的手指咬著不放，痛得我哇哇大叫，咬痕很深，還有瘀血呢。」

「林靜莎？是否話劇社的師姊？你們還有聯繫嗎？」

「是啊，以前話劇社前輩阿黃在大學任職中文系助理講師，升級擔任話劇社名譽總監及導演，他經常邀請林靜莎和宋德彰客串演出，我有空也會參加，最近他籌備一齣新劇，這次也找了他們參與。還有，你加入一陣子便退出，錯過話劇社的黃金歲月及許多因演戲日久生情的浪漫事件。」孟朗一臉陶醉。

「有沒有開花結果的喜訊？」

「沒有啦，大多自生自滅，不了了之，大家都年輕嘛，騎馬找馬，怎會為一棵樹，放棄整個森林呢，當然包括林靜莎和宋德彰啦。」
「宋德彰？是否那個長得挺帥，經常站在林靜莎後面，笑瞇瞇的師兄？」
「我們也是青春少艾，燕瘦環肥，又不見宋德彰笑瞇瞇對著我們一群美貌女生。」孟朗忿然說。
「你不要嫉妒啦，林靜莎相貌不俗，舉止大方知性，二人外型相襯，站在一起就是一對璧人。」如嫣也不安撫她的情緒。
「宋德彰也算是個帥哥，林靜莎有點瘦，緊繃臉，不笑時很嚴肅，她的性格很理智講原則，不是一般人受得了呢。他倆時常扮演劇中的男女主角，演盡世間悲歡離合，二人交往的緋聞不脛而走，炒得熱熱鬧鬧，可是祇聞樓梯響，不見人下來。」
「什麼原因？」
「我看林靜莎是密實姑娘假正經，口心不一，看宋德彰不上眼另有對象，女生多一個觀音兵總是歡喜，二人仍在愛情的大門外徘徊，還沒有登堂入室吔。」
「亂用成語。他們至今仍是曖昧狀態嗎？」
「連曖昧狀態也不是耶。」
「咦？證據呢？」
「你呀，職業病，三句不離本行。要是二人有曖昧，生活細節藏也藏不住，二人的對話很有分寸沒有溫度，我沒聽過他們說你好美、你的聲音很好聽、好想抱抱你；沒見到林靜莎主動靠近宋德彰，宋德彰也沒有在聊天時把手放在林的肩膀，林也從沒有挽著宋的臂彎走路等的明顯動作；看不到宋為林服務做點小事，也沒有在她身上花了很多時間，林對宋衹是朋友間的平常問候。」

「是你粗枝大葉吧？他們沒有經常獨處、聊天、為親密行為找藉口、在意對方身邊異性、節日送禮物嗎？」

「沒有啦，我們都是一群人集體聚會，散會後宋德彰也沒有刻意駕車送林靜莎回家。」

「我記得二人的家是不同方向。」

「你的記性很好呢。」

「他們做什麼工作？」

「林靜莎在一間資訊科技公司做數據工程師，宋德彰在一間市場推廣公司做市場部主任。」

「二人都是策劃型的幕後軍師。根據性格分析法，數據工程師是冷靜、獨立、專注，擅長戰略規劃，面對各種因素如全盤掌控、風險管理、步驟複雜環環相扣的項目，習慣找到各環節連接的最佳方案，預計可能出現的意外和風險，提前準備解決方案，市場推廣業者在運籌帷幄方面所有不及。」

「既然你懷疑，這個星期六下午二時你得閒嗎？我們會在學生會大樓話劇社彩排新劇，你親自到來觀察。」

「星期六我上夜班，正好有時間觀摩你們的演出。」如嫣滑一下手機說。

2.

如嫣駕著她性能可靠的豐田小車提早十分鐘到來，在學生會的停車場竟發現一輛鐵灰色保時捷豪華轎車，一群大學生聚集欣賞，男生謹慎地觸摸車身，交頭接耳讚嘆跑車流線的外型，討論汽車引擎的超然性能，極速開動的快感，女生忙著擺出香車美人的媚態拍照。如嫣走上三樓的話劇社，陌生朝氣蓬勃的年輕臉孔興高采烈地聊天，看見前面大咧咧的孟朗和沉穩的宋德彰對稿，阿黃到處張羅忙得不可開交，如嫣跟阿黃和宋打過招呼後，拉著孟朗問：

「林靜莎呢？」

「不知道，她平常都會早到照料打點，她是義務導師，為人敬業樂業，受後輩尊重。」

忽然一名女生在窗邊呱呱叫，其他人走去起哄：

「林大仙跟人交往啊。」

「她的男朋友是個高大瀟灑的洋人啊。」

「西裝筆挺，還理了一個五十年代復古紳士油頭，有點古老囉。」

「吃不到的葡萄是酸的，人家就是那台保時捷豪華轎車的車主。」孟朗連忙跑過去看，車子已絕塵而去，有點惆悵說：

「真可惜，看不到呢。喂，林大仙的男朋友多大年紀？」

「大約三十幾歲啦，長得很英俊，林大仙終於傳出浪漫史了。」一名女生興奮地回答，宋德彰也在後面伸長脖子看望，沉著臉不語。

林靜莎從容地走入話劇社，柔軟亮麗的頭髮及肩，身穿黃色大衣，黑色短靴，透出清冷疏離美，女生一擁而上，異口同聲問：

「林大仙，你的男朋友很英俊啊，叫什麼名字，多大年紀，他有沒有弟弟？」

「你們在說什麼啊？」林吃驚問。

「不要裝傻啦。我們在樓上看見你跟那個洋人親密地併肩而行，他還在保時捷旁邊吻別你呢。」

「你們誤會了，他是關聯合作公司的職員，我們忙著開會遲了到來話劇社，他順便送我過來吧，那個吻祇是洋人慣常禮節的再會吻。」女生咭咭咯咯傻笑，宋德彰臉色稍霽。

「他做什麼工作？」

「他是市場推廣部的區域總監。」

「那輛保時捷最少值一百萬元，他家很有錢吧？」

「不知道，據同事說他家在本市開設了家族辦公室。」
「哇，億萬富豪啊。」
「高富帥又喜歡你的男朋友，好浪漫啊。」
「不要眾口鑠金，謠言止於智者。」林正色的說。
「是的，是的，林大仙。」女生嘰嘰喳喳答應。
宋德彰皺緊眉頭，走到林靜莎背後，阿黃往這邊瞄了一眼，大叫一聲集合，大家一哄而散，
林挪動避開，宋輕聲溫柔說：
「一日不見。」
「怎麼會？上個月慶功宴才見過面。」林對他親切的問候免疫，漫不經心回話。
「青青子衿。」
林轉身沉默不語，宋緩緩繼續說：
「悠悠我心。」
「豈無他人。」
「但為君故。」宋急促說。
「但你沉吟至今。」
「譬如朝露，去日苦多。」

「是啊，人生苦短，你何妨對酒當歌，人生幾何？」林無動於衷反駁。
「你認識那傢伙有多久？」宋加重語氣問。
「與你可干？」
「我會的蠻多，不知你說那一方面？」
「你懂些什麼？」
「例如怎樣分辨好人和壞人。」
「我不是黃毛丫頭。」林睥睨宋，叫住如嫣說：
「你是否步如嫣？你漂亮多了。」
「是啊，真高興你還記得我，林大仙，您好，一日不見，已隔三秋。我沒阻住你們傾偈[1]吧？」如嫣瞄一瞄宋德彰。
「那能忘記美女呢？剛才我們在練習下一齣話劇的台詞，不礙事。」
「你才是美女。黃色明亮可愛，但很欺人穿著，祇要膚色稍為沉暗，或狀態不佳，就不能駕馭，顯得土氣，你才配穿黃色呢。」如嫣連忙岔開話題。
「謝謝。走吧，好久不見，我們聊一下近況。」林挽著如嫣的手離開，宋生悶氣在背後跟著。

1 閒聊。文言文為謦欬，偈是佛經的讚頌詞。

之後，大家排練最後一幕場景，內容女主角跟別人結婚，男主角跑到女生家裡拉走她私奔，宋幫助指導，林在台下做紀錄，二名年青演員揣摩劇中人的感情，認真地努力投入演出，但是經過許多次排練，導演阿黃仍不滿意，二位演員十分沮喪放棄說：

「導演，我們沒有私奔的經驗，怎樣想像也不能代入角色，演不出那種感情，你能否親身示範？」

「靜莎，請你來示範。」

林放下手機，脫下大衣，展露裡面淺紫色衣裳，裙裾飛揚如嫁衣，大家起鬨叫嚷導演跟林大仙演對手戲，接著阿黃說：

「德彰，你來演出男主角。」

林有點猶豫，仍不動聲色走上前，宋德彰沉著氣看望林靜莎，大家更叫囂終於看到以前金童玉女現身說法，接著二人演戲。

宋德彰在舞台一邊跑過來，突然跪在林靜莎面前，情真意切念對白：

「XX，我為你著魔，迷失自己，不能沒有你。」

「但是你十分冷傲，一副遺世獨立的模樣，從來沒有半點表示你愛我。」

「我害怕遭到拒絕，在愛情面前我是個懦夫，但是我會用餘生補償。」

宋伸手示愛，林按照劇情推開宋，怎料宋跪得太近，林竟摸在宋的面頰，想要縮手，宋忽然握住林的手按在臉上，放到嘴邊深吻，此時林的手機響個不停，林面紅耳赤情急說：

「快點放開我，我們祇是在演戲，不要當真，我要接聽電話。」

宋站起來，仍緊握林的手深情說：

「跟我走。」手機響個不停，林忙說道：

「如嫣，麻煩你替我接電話。」如嫣依言接聽，那頭用BBC播音員清晰口音的英文急切說：

「Jenny，我發生意外，撞了車。」

「你是誰？」如嫣職業慣性問他，那邊停了十多秒才回答：

「打錯電話。」

如嫣挑一挑眉，那群後起之秀哄鬧抬槓，興趣十足看著宋與林喃喃地演戲。

「快點放手，他們看熱鬧不嫌事，我們在出醜被他們取笑。」林低聲嗔怒說，宋依依不捨鬆開林，林匆忙跑過來問如嫣，如嫣告訴她情況，林連忙走到一旁打電話，不一會，林爽快說：

「剛才是我的男朋友James打來，他發生意外撞了車，祇是輕傷沒有大礙，我先走看他，請代我告訴導演。」

宋德彰若有所失看著林靜莎離去，如嫣走過去告訴阿黃，他和宋被一群後輩團團圍住議論紛紛：

「宋前輩，你和林大仙很厲害啊，尤其是林大仙撫摸你臉蛋的情意，你握住林大仙放在嘴邊吻著的真情，那一段戲劇本根本沒有寫的，你們心有靈犀一點通，是即興演出嗎？但是你們配合得那麼自然熟練。」

「是啊，你們念對白細膩充滿感情，面部表情的絲絲入扣，簡直入木三分，可惜台下的觀眾看不到呢，如果放在電影一定贏盡女生心軟的情懷，你倆是否戲假情真？」

「劇本的結局寫男主角拉走女主角私奔，但是剛才宋前輩看著林大仙匆忙離去時迷惘失落，真情流露，女主角最後會怎樣選擇是個謎團？如寫文章意在言外，盡在不言中，這個結尾使得整部劇更淒美迷離，餘韻未了。」

「我也認同啊。導演，你說是不是？」一個胖妞天真問。

「那麼就讓你來演女主角吧。」

「導演，你怎麼揶揄我？我一出台，台下已經捧腹大笑啦。」胖妞撇嘴說，其餘人哄堂大笑。

完成彩排大家各自回家，孟朗向如嫣逼供，如嫣露出困惑的表情，孟朗問：

「有什麼問題？」

「祇是有點奇怪。」

「林靜莎真是保密到家，這幾個月也沒有風聲，要不是發生撞車意外，她才會焦急承認那洋人是她的男朋友呢。」孟朗視若無睹嘆道。

「那麼宋德彰無望囉？」

「怎知道？女人的心忽晴忽雨，捉摸不定。」

「你不是很了解林靜莎嗎？你說她是個理智有原則的女人。」

「你為什麼總是扯我後腿？不說這些啦，下星期六下午你來不來打羽毛球？林靜莎的男朋友祇是擦傷手臂，阿黃已經約好他們了。」孟朗笑說。

「不能啊，我要上班。為什麼突然打羽毛球？」

「還不是阿黃極力拉攏宋德彰和林靜莎，每每製造機會給二人獨處。宋德彰是羽毛球高手，曾取得大學比賽的季軍，可惜林靜莎已經心有所屬。」

3.

星期六林靜莎與James依時到來，他駕駛一輛奶白色的寶馬到來，又引起成群學生圍觀及讚賞，到場有林靜莎二人、宋德彰、孟朗、阿黃夫婦及他的朋友，James已經換了運動衣和短褲，秀出健美的身材，令人稱羨，首場阿黃夫婦對戰他的朋友，其他人在場邊觀戰閒聊。

「James，有沒有人說你有點像年青時超帥的羅拔烈福[1]？」孟朗直白說。

---

1 Robert Redford。上世紀八十年代美國巨星，代表作《俏郎君》。

「謝謝你的提醒，我竟然沒有發覺。」James微笑回答。
「聽說你家在本市設立了家族辦公室，那不用很多錢吧？」宋德彰粗聲粗氣問。
「是的，你說得對，不是很多。」
「那麼要多少錢？」孟朗發揮記者本色，追本溯源問。
「最低門檻是五億美元。」
「那麼多？」孟咋舌，宋有點洩氣。
「U市股票市場一個小時的交投量也祇是這個數目。」
「我們談別的吧，James，你叔叔最近在拍賣行買了一幅戈雅[1]的畫作，是否真跡？」林轉換話題問。
「戈雅愛在作品簽名，我們用AI比對過其他名畫的簽名，證實跟那畫配對；他絕對不會繪畫同一個主題超過三次，那張畫是面世的第二幅；那畫作的形象強烈，簡單直接，合乎戈雅的風格，他不喜歡畫群體畫，除了宮廷畫，畫作構圖不會太擠逼。」James井然有序說。
孟朗不敢搭腔，也不容宋德彰置喙，幸好阿黃和朋友打完一局，輪到James和林拍擋與宋和孟對壘。

[1] Goya，十八世紀西班牙大師畫家。

開始時雙方勢均力敵，逐漸James改變戰術用力抽打後場，牽制宋的殺球機會，又吊球到網邊，林心神領會配合在網前揼球回去，孟技術不及，經常丟失輸球，分數拉開，林二人先贏一場，第二場James與林仍然用同一戰術抽打後場，令孟頻頻失球，宋拚了命回來前後場遊走四分三個球場，幫忙救球，又接連跳殺球，扳回一局，要打決勝局。

第三場James與林改變戰略，每人負責一邊接球，林盡力抽打後場，James在中場及後場殺球，宋在第二場耗費不少體力，回球殺球力不從心，製造不少機會給對方猛下殺著，最後潰不成軍，大比數輸掉球局，孟朗嬉皮笑臉無所謂，宋德彰不甘心的模樣，撇著一肚子氣，林與孟相約到小食部買吃喝的，宋默默跟著，孟朗看了一眼，趕忙走快點，製造機會給二人，宋突然臭著臉對林連環發炮：

「為什麼你們打球那樣配合？你們經常拍擋打球嗎？你這樣落力是否要討他的歡心？他家財萬貫，你想嫁入豪門？」

「我秉承體育精神，公平競技，全力以赴。」林毫不動氣回答。

「又不見你跟我合作雙打時這樣賣力？」

「有你壓陣，我不用費勁就會贏。」林不以為然說。

「你的意思他要你刻意幫忙才會贏？」

「不過是一場平常的友誼賽，你為什麼絮絮不休，糾纏不清這點小事啊？」林撇嘴說。

「我不認為這是小事。」宋堅持己見說。
「要是你不斷指責我，你便單挑James打場比賽，決一勝負。」林繃著臉說。
「好，就這樣吧。」
宋轉身就走，林仍板著臉，半天不說一句話，孟朗悄悄走近跟她耳語：
「宋德彰知不知道自己在吃醋？」
「他吃不吃醋關我什麼事？」
「你跟James發展到什麼地步？」
「我沒有問過James。」
「你從來沒有喜歡宋德彰？」
「走吧，我們去買吃喝的。」
二人回到球場，阿黃拿著手持數碼攝影機拍攝二人精彩的競賽。
宋與James戰況激烈，熱火朝天，James領先二分，還有二分就贏這場比賽，宋強攻猛擊，James防守出色，逐一化解，突然偷位下一記殺手，打在宋的後場，贏得漂亮乾脆，各人驚呼讚嘆，宋再失一分，來到盤末點，宋沒有氣餒，二人你追我趕，爭持不少於幾十下來回球，宋愈戰愈勇，連追二分，各人鼓掌給他加油，James凝神接戰，宋開短球，James扣短球在宋的左方，宋反手挑長球到James的後場，James意識超前，已經預判宋的行動，已經跑到後場跳殺球打在宋的右方後場，奪回發球權。

James拿著球想了一下，開了一個長球，宋吊球到James右方網前，James輕輕拉回對方網前，宋奔跑撥向對方左後場，James球感超強，已預先跑到後場正面抽打回宋的左後場底線，逼使宋跑回，反身反手抽擊，羽毛球打橫飛越球網，James已經等著，狠狠殺球在宋右角底線，宋急忙轉身救球，失了平衡，翻滾在球場，連球拍也飛甩，James的戰術成功，贏了這局，阿黃連忙扶起他，宋蹣跚地站起，像隻戰敗的公雞，James走過來想跟他握手，宋沉著臉不理他，逕自離去，James仍不介懷對他說再見，其他人面面相覷，一時語塞，James彬彬有禮向各人頷首，與林牽手離去。

晚上孟朗對如嫣眉飛色舞形容二人旗鼓相當，表現精彩絕倫，接著放映球賽，之後如嫣淡然說：

「James好像很熟悉宋的球路，總是在重要時刻制服宋德彰。」

「James真得很漂亮，風度翩翩，碧眼金髮，頭髮濃密，自然捲曲波浪形，耳後髮尾捲起的小鈎鈎，十分迷人，尤其是跳起殺球，金髮在空中飛揚，身姿矯健，秀美如太陽神阿波羅。可是，宋德彰輸了球賽，亂發脾氣拂袖而去，太沒有君子風度呢。」孟沒有理會繼續沉醉說。

「James的氣質如何？」

「沉穩冷靜，老成持重，知識廣博。」

「跟宋德彰的風度相近。」

「但是James的氣度更大方貴氣，他說話輕聲斯文，禮貌式的冷漠，是典型的英國人，可惜他的英文有些口音，我還以為他會說標準牛津腔的英文，可能他中學在美國念書，但是整體James比宋德彰優勝許多，林靜莎是個叻女[1]，當然懂得如何選擇耶。」

「為什麼林靜莎會挑選同一類型的男人？」如嫣懷疑問。

「我想林靜莎可能有點喜歡宋德彰，要不然她怎會選擇氣質相似的男人？可惜落花有意，流水無情，等到她琵琶別抱，他才氣急敗壞吃乾醋，沒由來地嫉妒，那可不能責怪林靜莎啊，誰叫他從不珍惜她，或者宋也有點喜歡林，卻挑三嫌四，沒有表示，林感到失望才會另結新歡，輪到他襄王有夢，神女無心。」

「你又亂用成語，二人沒有結婚，何來琵琶別抱？」

「不要整天偏離主題啦，你怎樣看？」

「我感覺二人藕斷絲連。男女關係根本不像電影分首得那麼乾淨俐落，總是拖拖拉拉好一段日子才有個了斷。」

「你假設二人本來是情侶，才會推理藕斷絲連，但你沒有證據證實二人交往，就算二人曾經

---

1 聰明、機靈女。

是情侶，可是林靜莎已經移情別戀，他倆迄今的關係是林靜莎表態『你若無心我便休。』」

如嫣似笑非笑，沒有爭辯。

4.

晃過一個禮拜，各忙各的，孟朗突然打電話給如嫣興致勃勃說：

「又爆出勁料，晚上到來告訴你。」

如嫣恭候多時，孟朗姍姍來遲，隨即大吹大擂：

「昨天晚上我們到林靜莎家裡開會，她家坐落私人社區的排屋地下，門前設置小花園，又是阿黃的鬼主意，司馬昭之心，路人皆見，用意拉攏宋與林在一起，真不明白為何他如此熱心？」

「廢話少說。」如嫣笑罵她。

「我們準時到達，從遠處看望林靜莎住宅的窗子，影影綽綽，看得不太清楚，好像有人在摔角扭打。」

「為什麼會隱隱約約？」

「她家前窗安裝及拉上了深藍色的長窗簾，窗子關緊，James的奶白色寶馬停泊在門前，我急忙跑入小花園近距離看個真切，怎料嚇了一跳，想回頭攔住宋德彰，二人已來到小花園，阿黃啞口無言，宋鐵青了臉，氣炸得快要發飆的樣子。」

「不要賣關子，快點說真相。」如嫣命令她。

「我不是故弄玄虛，內情實在太震撼了，我們看到二個人影親熱糾纏廝混，James摟抱林靜莎，雙手極不安份，一手摸在林的胸部，一手按著她的屁股，林欲拒還迎，右手握著他的手不太認真推開他，左手假裝掰開他按在她屁股的手，James將腦袋擱在林的脖子，二人扭來扭去，胡攪蠻幹，身體黏膩在一起，從沒有分開呢，接著二人跌進沙發裡，看不到後續的情況，真的引人入勝，好像快要看到色情電影的高潮，突然中斷，令人心癢癢呢。」

「你春心動啦，那麼聽不聽見聲音？」如嫣取笑問。

「有啊，但是隔著小花園和窗子，聲音含混，屋內傳出男女聲呢喃細語，一陣陣咿咿唔唔、呀呀哦哦，接著聽見林靜莎享受的呻吟聲。」

「你們怎麼辦？」

「我們剛要離開，阿黃接到林靜莎電話說有事情要辦，請我們遲半小時到來，阿黃看了宋德彰一眼，宋堅定點頭，我們走到前面商店區的便利店喝咖啡等候。」

「之後怎樣？」

「我們依時回去，那輛寶馬已經開走了，林靜莎開門迎接我們，她的臉蛋緋紅，嬌聲輕喘，媚眼微開，滿臉春色，天氣乍暖還寒，她還在冒薄汗，剛才二人準是厲害激戰，她似乎很滿足呢。」

「宋德彰有什麼反應？」

「讓我原原本本告訴你他們的對話。」

§

『其實你有更好的方法。』宋德彰即時發炮，冷笑對林說。

『你在說什麼？』林莫名其妙問。

『你吃了虧也不一定得到你所渴求的。』宋嘲諷。

『我渴求什麼？』林錯愕反問。

『珠寶、財富、地位。如果我是你，定必計劃周詳，結婚後才盡量利用你女人的天賦。』宋寒聲批評。

『我自己的事情知道怎樣處理，謝謝你關心我的前途。』林心不在焉，漠然回答。

『仁慈和體貼是我的強項，那是James所缺乏的，他是紈袴子弟。』宋傲然自誇。

『我沒有留意喎，你又知道他是紈袴子弟？那麼你有沒有妙著巧招幫助我取得我所渴求呢？』林有點厚顏反擊。

『金錢財富不是一切，你不用……。』宋惱火大聲責難。
『宋德彰，不要亂說話。』阿黃硬聲插話攔截宋。
『齊大非偶。』宋強忍著怒氣說。

§

「林無動於衷看著他，宋狠狠瞪她一眼，大力呼門離去。本來我想問林剛才和James怎樣，阿黃橫我一眼，示意我匆匆離去，在路上阿黃叫我等林靜莎下了氣，遲點才打聽她的心意。」
「阿黃很有意思，這起案件很有趣。」
「什麼案件？又沒有死人，也沒有什麼秘密。」
「你不覺得事件有點古怪嗎？」
「我覺得你古怪才真，疑心生暗鬼，職業病復發囉。」
「我們幾時探訪阿黃？」

5.

孟朗和如嫣來到阿黃家裡，孟朗開門見山問：

「宋德彰和林靜莎是否曾經拍拖交往？」

「他倆互有情愫，情意傳達很飄忽含蓄，在局外人看來似有若無，捉摸不定，看不出蛛絲馬跡，我肯定他倆曾經約會交往。」

「他們竟然是情侶，如嫣，算你眼光準贏了。可是，二人為什麼沒有結果？」如嫣淡然自若，留心阿黃講話。

「有很多原因，其中跟二人的性格有關，及宋德彰童年時父母離異的影響，許多人認為不同性格的人是婚姻的絕配，但是性格相似的人也是婚姻長久的基礎，宋和林就是相似的一對，同樣自信和驕傲。」

「你就是看不過眼有情人不能終成眷屬，如此熱心撮合他們？既然二人性格相近，你怎樣解釋他倆欲斷難斷的現狀？」孟朗質疑他。

「林靜莎是一個認真、講原則、理智內秀的女人，在工作上她幾乎就是女性軀殼的男人，私底下你根本不能逗得她捧腹大笑，表現真我的時刻，我想她處理感情也是內斂委婉，女性的矜持自重約束她絕不會輕易對宋德彰主動示愛。」

「真像古代不可拋頭露面的深閨女子，要在元宵夜，才能在花市燈如畫，偷窺帥哥夢裡人呢，這樣等呀等呀，幾時才等到人約黃昏後啊？」孟朗挖苦。

「她十分相信男女平等，U市很多女人也認同，在職場上習慣和男人同工同酬，經濟獨立不依託男人，夫妻每人一份收入是U市婚姻的現實，很多女人開始約會時就各付各的賬單，跟她們約會是無趣乏味，優勢要到婚後才能體會，她們會是經營家庭的伙伴而非負擔。」

「其他國家的女人呢？」孟朗岔開話題。

「跟日本女人約會感覺愉快，其國文化強調建構人前的形象，這種文化植入日本人的靈魂，日女永遠要求自己把最佳一面展示人前，不惜壓抑自己。如果男人要的是絕對服從、崇拜和尊重，日女會盡力滿足他。」

「臺灣女人呢？」

「臺灣女人聲甜愛撒嬌，楚楚可憐，說些令男人心動的說話，如你怎麼對我這麼好？無論真假或客套，男人都很開心，享受溫柔，她們大多認為出嫁從夫，但收入較U市女人少許多，經濟受制於男人，實際是弱勢一方，習慣被人保護及包容，跟她們相處，容易享受大爺般的待遇。」

「那麼P國女人是異類耶？」

「P國女人無論任何年紀也自視甚高，擇偶要求有三點，一是高富帥，二是巨額的彩禮，三是城府甚深想法實際，不嚮往愛情，在youtube經常看到相親的拜金女那副妄求狠勁，好像前世欠下她們的。」

「你在胡言亂語。」

「不是啦，例如網上有一名三十九歲女子訴苦，學歷為碩士研究生畢業，自稱美貌優質剩女，相親多次不成功，責任在男方，他們都配不起她，除了學歷比她低收入少，全是二婚三婚貨色，自己是初婚，祇要求彩禮五十八萬。還有一個真實個案，我朋友的遭遇，他雇用一個P國離婚女人做幫傭，主僕相處融洽十幾年，他得了長期病，家人看到幫傭善解人意，勸他跟她結婚貼身照顧他，他也認可，但婚後幫傭立即以女主人自居，對他和家人翻臉無情變了潑婦，家無寧日，最終離婚收場，拎走一大筆贍養費，幫傭也真的很厲害，假仁假義，難為她忍辱負重，逆來順受十幾年，終於修成正果。」

「宋德彰的家庭和兒時往事對二人關係有什麼影響？」如嫣緩聲問。

「我跟林是好朋友，與宋是老同學，他的個性內斂害羞，自尊心強，傾向隱藏心聲，故作冷靜掩飾感情，他對喜歡的人採取旁敲側擊的方法，探明對方的心意才定下計劃行動，你們若有留意就能察覺他對林靜莎的態度，他會注意林的需要，願意萬水千山送林回家，為她說好話。」

「那是A血型人的性格呢。」孟朗小題大做叫道。

「林靜莎肯定會感受到宋德彰的好意。」如嫣指出。

「你也說祇是好意啦，不是情意，林表明對此不滿意，討厭二人的關係永遠在曖昧不明的狀況，可是，宋卻不輕易示愛，沒有進一步表示，林也失望，離他而去也合情合理，畢竟女人的青春隨歲月貶值啊，真可惜二人未能走在一起。」

「也總有原因啊？」

「他爸爸在他童年時為了小三拋棄他和媽媽，他媽媽鬱鬱寡歡，孤單寂寥過了半生，影響他對愛情的猶豫、婚姻的躑躅。」

「那是他媽媽鑽牛角尖死心眼，何必為一個男人半輩子吃苦。況且他是他，他媽媽是他媽媽，二碼子的事情嘛，為何要躊躇呢？」孟朗不服氣說。

「男人專情而多情，心裡有她，但也愛其他女人；女人專情而絕情，心裡祇有他，絕情其他男人，縱使他爸爸負了她。」如嫣宛若飽經世故。

「宋德彰也有他的考量。」阿黃努力守衛他的朋友。

「你們在護短。會不會是他媽媽的問題？他是媽寶男？」孟朗靈機一觸問。

「他媽媽知書識禮，到朋友家裡不會貿然走入人家的睡房、打開冰箱取東西，對不太悉的朋友會將『謝謝、請』掛在口邊，會問主人家能否借用廁所。宋德彰受他媽媽的陶染甚深，也許如此建構他深思熟慮的性格。」

「宋德彰真是書呆子，一竅不通，拖泥帶水，錯過好姻緣。」孟朗頓足。

「你不是當事人，怎知道二人沒有相思之苦？」如嫣不動聲色。
「你好像在愛河歷盡滄桑，你對愛情懂多少？」孟朗質疑她。
「愛情不進則退，不可回頭，再三猶豫，愛情就會冷卻，若然決定再付出多一些，就會不斷付出，除非是將愛情鞏固凝結，即是我心知你心，你心知我心，如林黛玉持續試煉賈寶玉，寶玉是有情人，容不得所愛的人猜疑，總是紅著脖子爭辯，直至黛玉確定他是真心，心裡祇有她。」
「林靜莎不會也在試煉宋德彰吧？無可能啦，她跟James都已經上過牀呢，快要談婚論嫁吔，總之，愛人結婚了，新郎不是我，宋德彰一定會遺憾終生。」孟朗狠狠地批評。
「孟朗你去探索林靜莎的心意，看看事情是否有轉機？」阿黃輕描淡寫說。
「好的，包在我身上。」孟朗當仁不讓。
如嫣看了阿黃一眼，但笑不語。

6.

孟朗跟林靜莎約定見面，拉著如嫣作伴赴會，她們駕車來到社區，經過入口的商店區，幾條馬路將廣大的住宅區分隔成幾個小區，林靜莎屋前的車位停泊了一台福斯小轎車，孟朗祇好將車子泊到後面老遠的停車場，二人走了約四、五分鐘才回來，屋前樓梯、小花園、屋簷下安裝保全攝像鏡頭和系統，如嫣讚嘆道：

「這裡的保全系統很先進，由AI技術控制，就算有喵星人經過屋子範圍，屋內警笛會鳴響，及睡房的燈會全部開著。」

孟朗按鈴，裡面傳出歌聲：

「初見面二不相識……，羞聽蝶戀花……。」

「這是粵劇《紫釵記》的曲目《燈街拾翠》。」孟朗立即說。

「你十分熱愛U市本土文化。」

林打開大門，她打扮隨意性感，寬身襯衣，齊膝休閒褲子，頭髮束成馬尾，露出雪白脖子和胸口，如嫣盯看，林迎接二人進屋，旁邊的電視仍在播放James的視像電話對話，他仍是一貫輕聲溫柔，林對他說有朋友探訪，他給林飛吻說再見，影像有點遲緩，林急忙關掉電視，她已經泡好茶及預備點心等候，孟朗突然指著林的脖子說：

「你的頸項紅了一片，是否被蚊子叮了？但是不像啊，有幾個齒咬痕啊。」

「孟朗，你太無知，有時太天真，那是吻痕，又叫愛痕。」如嫣解圍說。

「難不成那晚你跟James……？」孟朗半吞半吐問。

「你們怎會知道？怪不得宋德彰當晚瘋言瘋語，語無倫次，舉止顛三倒四。」林恍然大悟。

「當時你也約了James到來？」孟朗嘀咕問。

「不，他出差去機場突然意外到來，令我開心不已。」

「你們如此親密，是否預支蜜月？」

「我絕對不會在結婚前做出越軌的行為。」林直言抗議。

「你們快要結婚吧？」孟朗順勢問。

「沒有啦，剛才我們討論是否先訂婚，他快要四十歲，他家暗示他要孩子繼承家業。」

「他在那裡？背景好像是鄉下十分落後，還見到黑人閒晃。」孟朗十分好奇。

「他去了非洲的鑽石礦場視察業務。」

「難怪訊號接收訊號有點惡劣，James的反應慢了幾拍，影像有點變形。」

「是啊，他在一個偏遠小鎮住宿。你們到來有什麼事情？」林不厭其煩解釋。

「宋德彰看到你們摟抱纏綿像要朝雲暮雨氣瘋了，你究竟喜不喜歡宋德彰？」孟朗毫不客氣問。

「有一個科學研究，男女之間有好感或性吸引是二人的細胞會進行溝通，祇要氣味相投，互相呼應，二人就會像磁石吸引，深入了解感情交流。宋德彰溫文爾雅，彬彬有禮，性格心平氣和，盡心照顧家人，討人歡喜。」

「怪不得有臭狐的男人也能找到老婆。但是你的回答也太避重就輕，你有沒有喜歡過他？」

「我曾經喜歡他。」

「既然你曾經對宋德彰有好感，為什麼你倆的關係不三不四，狀態不明？是朋友還是情人？」孟朗乾脆拷問林。

「早知如此，何必當初。」林靜莎惋歎說。

「當初是如何？如今又怎樣？」孟朗窮追不捨。

「我也攪不清我們的關係是朋友還是情人，感覺徘徊在情人與朋友之間，他沒有表示，我也不知道他的心意如何，我也曾作出種種暗示好感說跟你在一起真好、你比其他人都貼心、說現在放映的一齣電影很有意思，可是他卻若無其事，不知他是真呆還是假傻，沒有進一步發展，情況令人氣餒，難道要我不顧尊嚴顏面，裝作乳臭未乾的丫頭，摟著他脖子問他有沒有想我？怎麼不跟我單獨約會？」

「他不會假裝糊塗吧？但是他每次都站在你的背後又是什麼意思？」

「我不知道。我們這一代的女生沒有長輩前二代的謙恭仁讓，也沒有八十年代女子的傲氣驕矜，平白擔了U市女人負面的臭名，這種曖昧的狀態持續好些日子，時光荏苒沒有改善，我也心灰意冷。」林幽幽說。

「愛情是最短暫的感情，它卻自稱天長地久，愛情受到外來挑戰時，它團結同心的力量最堅強，大於宗教，經得起生死的考驗，可是，在平凡的日子，它很鬆散，力量小於友情，愛情最需要友情、信仰、子女、共同興趣灌溉支援，婚姻才會穩固。」如嫣悠悠說。

「你是什麼意思？懷疑我的愛情？」林冷冷問。
「你們的感情深厚嗎？有共同之處嗎？你懂得他嗎？他懂得你嗎？」如嫣深深看著她說，林靜莎若有所思凝神。
「是啊，你跟James文化不同，家庭背景南轅北轍，你要嫁入異族豪門，想要生活安穩自在，道阻且長。」孟朗插話試圖說服林。
「憑著我們的努力，我相信我們能夠克服。」
「如果宋德彰向你求婚，你會考慮嗎？」
「我不會回答假設性的問題。況且，他自尊心那麼強，趾高氣揚，怎會對我一個小女人低聲下氣？」林惱色道。
「預先恭喜你們賢伉儷同心，其利斷金。」如嫣笑說。
「多謝。」林瞟她一眼說。
「那麼我們告辭了。」孟朗見機打退堂鼓。
「是啊，James在下星期六晚上ＸＸ飯店訂了一間豪華套房，紀念我們相識半年，他說會帶給我一個驚喜，我猜他會求婚，真的令人期待啊。」林突然滿臉幸福希冀說。
「他可能送上一枚三克拉鑽石戒指向你求婚呢。」孟朗附和恭維。
二人離去，孟朗趕著去取車，如嫣輕輕說：

「你知道《紫釵記》主角霍小玉的真實結局嗎？」

「我知道。」林靜莎錯愕一下回答。

「你明知還要繼續嗎？」

「我沒有什麼可以輸。」林抿一抿嘴唇倔強說過後，用力關門。

如嫣追上孟朗，車上孟朗豁然說：

「怪不得林靜莎穿著得性感誘惑，她不怕被那些黑人吃冰淇淋嗎？」

「根本無可能。」如嫣淡淡說，孟朗輕嘆：

「已經給人看虧了，還有什麼可能不可能？她與James感情穩定，準備結婚。唉，侯門一入深似海，從此蕭郎是路人，林靜莎至今仍稱讚宋德彰，足見她對他念念不忘。」

「是啊，事情一開始林靜莎對宋德彰已經一往情深。」

「怎麼你的說話總是稀奇古怪，以前是一往情深，現在是餘情未了。」

「走吧，我們去找宋德彰。」

「幹嘛？」

「告訴他下星期James會對林靜莎求婚。」

「你這個狠心無情的女人，落井下石。」

「你也打算這樣做吧。」如嫣揶揄她笑說。

7.

二人來到宋德彰家裡，是他媽媽應門，孟朗問她宋在那裡，他媽媽努一努嘴說：

「他在房裡長嗟短嘆，問他也不答話，一副愀心痛苦的樣子，你們勸導他吧。」

「你知道他和林靜莎的事情嗎？」

「知道，林小姐漂亮能幹有教養，君子好逑。」

「你同意他們交往嗎？」

「那是他們的事情，如果二人情比金堅，也輪不到我說話。」

二人敲門進房，看見宋德彰頭髮蓬鬆，消沉憔悴，他指一指椅子，自己挨著牀靠躺著，看望窗外的木棉樹，孟朗坐下直言不諱問：

「你喜歡林靜莎嗎？」

「我不知道是不是喜歡，我也曾經和其他女子約會，總覺得跟她在一起最舒服自然，可能她照顧得自己及家人很妥當，對人處事恰如其份，她外表溫婉，但性格要強。」

「是的，林靜莎面面俱到像《紅樓夢》的探春。她說過去幾年她曾經對你作出各種暗示，你沒有接收到嗎？」宋德彰抬頭不語，孟連珠炮發追問：

「你沒有想過進一步發展，結婚的念頭嗎？」

「有啊。但是她已經跟James男歡女愛。」

「你怎麼會這樣守舊迂腐？這年頭誰沒有婚前性行為，男人極度自私，自己隨意隨心享受，卻要求女人守身如玉，女人門檻高不屑隨便濫情，祇跟喜歡的人才會相好，不像男人唔理好醜，最緊要就手。」孟朗氣憤地指罵他。

「我以警員的名譽保證，林靜莎並沒有跟James發生關係。」如嫣突然發話。

「你怎知林靜莎沒有講大話，女人都是說謊高手掩飾過錯。」孟朗忽然掉轉槍頭，如嫣沒理會問宋：

「為什麼沒有行動？你曾否檢討找出原因？」

「是否你媽媽婚姻失敗的影響？」孟朗又與如嫣站在同一陣線。

「那是原因之一，我害怕不能給與林靜莎一生一世的愛，林靜莎性格堅強自重，處變不驚，在精神意志上是一個強者，我也懼怕讓人不知所措，難以承受的愛，要是我完全浸淫在這種愛，我會失去所有感覺和理智，失去自己，我感覺巨大的壓力，搖擺不定。」

「每個男人都希望有能力駕馭自己的女人，成就自己的自尊，當做不到時，滿足不了她，男人就歸咎是社會的錯，要求男人要比女人更有能力。可是，在愛情的領域裡，男人要的是成就感，女人要的是安全感，你這樣胡思亂想解決不了問題，倒不如撫心自問能否給予林靜莎持續的安全感吧。」如嫣層次分明說。

「女人指的『愛』，要的是『被愛』，女人經常對男人使小性子，男人對此一頭霧水，那是女人潛意識的不安全感作怪，想男人重複保證，你祇要根據這個原則行事，無往而不利。」孟朗像專家口若懸河說。

宋德彰仍然舉棋不定的模樣，孟朗氣湧心頭冷冷說：

「我可以肯定告訴你，林靜莎對你還是牽扯不清，餘情未了，你對James嫉妒怒不可遏，舉止反常，證明你也愛著林靜莎，下星期六James在ＸＸ飯店訂了一個豪華房間跟林靜莎慶祝相識半年，到時James會對林靜莎求婚，你不急起直追，表白心意，將永遠失去林靜莎，我們要講的說話已經說完，言盡於此，以後的事情就看你自己啦，如嫣，我們走。」

孟朗拉著如嫣匆匆離去，宋德歲看著窗外含苞待放的紅棉樹沉吟。

8.

酒店的房間寬敞明亮，名貴的地氈，精緻的傢具，林靜莎穿上火紅色、大V蕾絲，後面開叉的情趣睡裙，畫裸妝，塗上烈焰紅唇，站在大片落地玻璃窗前，欣賞迷人的海港燈光夜景，怡然啜飲芬芳的香檳，臉上流露夢幻的沉溺。

接著是急迫的敲門聲，林靜莎歡天喜地跑去迎接James，她打開木門，竟發現是宋德彰，他的頭髮散亂，大衣骯髒邋遢，頹廢落魄，但是目光炯炯有神，深情凝望她，她避開他熾熱的眼神說：

「你怎知道我在這裡？你來做什麼？」宋德彰倏地關門，林靜莎急叫道：

「James隨時會到來，他會誤會。」

「不要和James結婚，跟我走。」

「你是我什麼人？你憑什麼要我跟你走？我為什麼不清不白跟你走？現在不是演出話劇。」林靜莎氣定神閒，扭著屁股，搖曳性感的睡裙走到沙發優閒地坐下。

「我好想你，想得快要死啦。」宋粗暴的說。

「那是你的事情，關我什麼事？」

「你為什麼不想想我以前對你是怎樣好？」

「你表示了濃濃的友情，我很欣賞。你到來送嫁，真是桃花潭底深千尺，不及汪倫送我情，令人感動。」林靜莎倒了一杯香檳喜氣洋洋地向他敬禮。

「那不是友情。」宋吆喝。

「不是友情？是什麼？難道我接錯線？」林掉以輕心喝著酒說，臉蛋緋紅，雪白的胸脯若隱若現。

「那是私情蜜語。」

「是嗎，你以為夜半無人私語時嗎？我一點也感受不到你的情意，你從沒有說珍惜我，說你愛我呢。」林斜眼看他，眼神挑逗。

「我愛你，我愛你。」

「哈哈，你真入戲，但是我們的戲碼已經落幕，我不愛你。」

「我不相信。」宋固執地說。

「相信也好，不信也好，你走吧，James很快到來，向我求婚。」

「你嫁給我吧，我保證愛你一生一世，永不變心。」

宋堅定說，突然單膝跪下猶如演出前些時彩排的新話劇，林靜莎狼狽不堪地伸手推開他，他順勢握著她的手，迅速站起擁她入懷，強吻她，林起初掙扎擺脫他，宋摟得更緊，接著林軟綿綿地掛在宋的身上，激烈狂喜回吻。

良久，宋低聲說：

「嫁給我，跟我走。」

林靜莎淚汪汪，亂七八糟地點頭，宋德彰盯著她雪白的粉頸，狠狠的吻下去，蓋著James的吻痕大力吸啜，林受用呻吟，留下嫣紅的愛吻，宋拉她走，林扯住他，愛憐地用手抹掉宋臉蛋的唇膏印，再指一指身上性感的睡裙，宋立即脫下邋遢的大衣裹著她，一手抱起她，跑出房間。

9.

過了一星期，孟朗不招自來去到如嫣家裡，興高采烈說：

「劇情反轉再反轉，林靜莎悔婚財閥富家洋鬼子，反嫁潦倒才子宋德彰，他倆已經登記下月註冊結婚，結局出人意表。」

「不出所料呢。」如嫣微笑說。

「你好像一早知道？」孟朗納悶問。

「就算宋德彰不能贏得美人歸，林靜莎也不會嫁給James。」

「你說得玄之又玄，似是而非，你怎知道James沒有對林靜莎求婚？」

「James的戲份已經做完。」

「這麼深奧，什麼意思？」

「林靜莎沒有告訴你嗎？」

「她說宋德彰跑到酒店表白心聲，她深受感動，放棄James，跟他私奔，像電影場景那樣浪漫啊。」

「你還不明白，為什麼James始終沒有出現？上演二男搶妻的戲碼。」

「是謎團啊。難怪林靜莎點名邀請你在拍攝婚紗照那天見面。」

「我原本也打算會她一會。」

「為什麼你和林靜莎的口吻如出一轍？是對決的語氣呢。」

「謎面和證據已經擺在你面前，還猜不到謎底嗎？」

「胡說八道，我懶得理你。」

過幾天二人赴約，來到一個附設小花園的婚紗公司，在試身室祇見到林靜莎，她畫好完美的妝容，選了幾件漂亮的婚紗，身穿一襲水藍色婚紗，上半身金色刺繡花紋，輕盈又飄逸，大露背，蓬裙的下襬，性感又展現美背線條，對著二面擺成直角的鏡子擺動姿勢。

「宋德彰在那裡？」孟朗到處張望問。

「他有事要辦遲點才到來。」

「你考慮周詳，不想宋知道真相。」如嫣坐下氣定神閒說。

「什麼真相？說來聽聽。」林請孟幫忙給意見。

「James絕對不是林靜莎的男朋友，也不是億萬富翁，根本就沒有James這個人，是林靜莎自編自導自演的獨腳戲。」

「你不要口不擇言，James明明出現二次，一次是送林靜莎到大學，第二次還跟我們打了幾小時羽毛球。」

「是的，但是James的真正身份租來的情人，而且還租了二個人，第二次那個是羽毛球高手，保時捷和寶馬也是租來的。」

「你有什麼證據？」

「證據之一是二人的外形不同，第一個James我和孟朗也沒有看到，話劇社的學生形容他理了一個理了一個五十年代復古紳士油頭，有點古老，我也沒有看到打羽毛球的James，孟朗形容他跳起殺球，金髮在空中飛揚。」

「推論很薄弱啊。」林輕笑說。

「證據之二是二人的口音不同，林與宋示範演出，林被宋羈絆未能接聽電話，叫我幫忙，那頭操著ＢＢＣ清晰的英文，但是孟形容打羽球的James說話有些口音，並不是標準牛津腔的英文。」

「一個人的母語口音不可能改變，為什麼會出現顯見的分別？」孟朗不禁問。

「電話那一把嗓子是由AI技術偽造的語音人聲，外掛ChatGPT聊天機器人程式運作，祇要取得某人說話的段落，隨便生成該人平常說話的方式，任何口音也可以模仿。」

「科技日益發達啊。」

「林靜莎是AI技術的專才。我意外接聽了電話，我問了一個出乎意表的問題，我問他是誰？我推測林靜莎並沒有準備答案，電話那頭停了十多秒才回答『打錯電話』，跟著卻衍生另一個問題。」

「什麼問題？」林脫口問。

「我等了十多分鐘，James並沒有再打過來，林靜莎祇有一個電話，事情是James發生了交通意外，狀況可能很危急，若James著緊林靜莎，他一定會立即再打過來告訴確認，這是人之常情，但他沒有再來電，產生矛盾的疑點。」

「是嗎？這是想像的推理啊。」林靜莎換過另一襲綠色魚尾婚紗，裙襬是多層布料，搖曳生姿展現人魚效果。

「至於那個打羽毛球的James是特別僱用對付宋德彰，目的是挫敗宋德彰的銳氣，宋在大學比賽取得獎牌，是他自豪的才能。」

「你在臆測。」孟不服氣說。

「我看過James和宋德彰對決的單打的片子，James往往在關鍵時刻總能巧妙地克制宋，James很熟悉宋的球路，誰人能夠提供宋德彰打球的片子？不是林靜莎，是另有其人。」

「但是當晚我們探訪林靜莎，清楚看到林與James親熱。」

「你回憶當晚的情況，你們去到林的家裡，屋前停泊了James的寶馬，你急忙跑入小花園近距離觀看，你們看到二個人影親熱纏綿，林靜莎一直握著男人雙手，聽見男女呢喃私語。」

「對啊。」

「林靜莎的小花園安裝了先進的保全系統，由AI技術控制，就算有喵星人經過屋子範圍，屋內警笛會鳴響，及睡房的燈泡會全部開著。」

「那有什麼問題？」孟不解問。

「你走進小花園觀察他倆，卻沒有響起警號，這是林算漏的地方，林預先關掉保全系統，利用監察鏡頭看見你們到來，立即跟James演出親熱場面，我判斷那個疑似男人是一個矽膠娃娃，它根本不能單獨站立，全靠林靜莎控制它，林始終握著它雙手，按在自己的胸部和屁股，宛如啞子背瘋的戲橋，一人飾演二個角色的單人表演，還有，為什麼那輛寶馬會停泊在林屋前的停車位？林的福斯在那裡？她說James出差去機場突然意外到訪，那麼他的寶馬應該停泊在後面遠處的停車場，寶馬的作用是加強宋德彰的認知錯覺，誤導他屋內的人影就是James，宋又見到林跟矽膠娃娃親熱，便認定林靜莎和James愛撫繾綣。」

「要是如嫣的推理是真確，林靜莎你實在太厲害了。」

「你打電話叫他們半小時再回來，阿黃故意問宋德彰的意見，他在控制場面逼迫宋抉擇，窺探他的心意。在那半小時內，你立即駕駛寶馬到後面的停車場，再奔跑回屋，孟朗形容你臉蛋緋紅，嬌聲輕喘，媚眼微開，滿臉春色，現在天氣乍暖還寒，你在冒薄汗，證明你剛剛從停車場跑回來。」

「原來阿黃也參與其中。」

「還有，我們探望你時，你跟James視像電話也是用AI深偽技術生成，深度偽造技術基於人工智能，創造逼真的視頻，它應用於視頻或圖像處理，首先收集目標人物的視覺和音頻資料，收集到的資料被用來訓練深度學習模型，模仿目標人物的臉部表情、舉止和語言模式。過程要配合高運算力的電腦，需時費力，現時技術尚無法處理非常細緻例如眨眼，視線變化或臉部抽搐，故此這些動作會較不自然，利用深偽技術實時對話較易露出破綻。」

「你看出什麼？」

「視像電話裡James的眼神、口型出現不協調、臉部邊緣線條顯示突兀的情況，尤其是手指的動作顯得模糊和遲滯，而且家用電腦運算能力不足，你是電腦AI專才也無能為力，你便編造故事James出差到非州偏遠地方訊息接收惡劣，掩飾這些致命的缺陷。」

「但是林靜莎脖子上種的草莓是貨真價實，不會是矽膠娃娃的功能吧。」孟朗咄咄逼人追問。

「林靜莎利用我們證明James的存在。吻痕的醫學專有名詞叫機械性紫斑，原因是皮下微絲血管受到口腔強烈吸啜造成負壓力，引致微絲血管破裂出現瘀血塊，吻痕形成有二種方法，一是吸吮的負壓力，二是用牙齒的噬咬。」

「究竟是誰的傑作？難道是阿黃？」

林靜莎噗哧笑了出來，優雅地拿起一件鑲著花朵刺繡的婚紗禮服放在身上扭腰擺動，輕盈飄逸，毫無婚紗的厚重感。

「那個咬痕的圓周很小。」如嫣提醒她。
「什麼意思？總要有人咬嘛。」孟朗惱火。
「你的手指是誰咬傷的？」
「啊，原來如此，吻痕是林靜莎的外甥咬的，林大仙，你太狡猾了，為什麼要這樣做？」
「林要確定宋德彰對她的心意，方法就是挑起宋的妒忌心，要是宋對James的出現沒有反應，那表明宋對她沒有意思，林就無必要繼續扮演下去。」
「也要人通風報訊嘛。」
「是阿黃，我猜他也是幫忙的推手。林靜莎計劃周全如同她的職業，情敵James的身材、社會地位、財富和事業也比宋德彰優勝許多，James長相英俊，氣度風采與宋相近，工作是市場推廣部的區域總監，家族生意的繼承人，家財萬貫例如擁有名車、家族辦公室，這些因素都能激發男人對情敵的嫉妒，結果宋德彰落入圈套，嫉妒的原理很簡單，小時候不想碰的玩具被別的小朋友拿去玩，就會很不爽的把它搶回來，愛情也是一樣。」
「但是宋德彰患上奇難雜症的婚姻恐懼病。」孟朗撇嘴說。
「林靜莎僱用羽毛球高手跟她合作雙打贏了宋，他對林明顯表達不滿，林順水推舟挑釁宋跟James決戰單打，宋又掉進陷阱，宋想要在他擅長的羽毛球超越James，可是他加倍努力也白費了，他們預先提供宋的球路給James研究，結果宋輸給James，就是James禮貌地走過來握手，宋卻賭氣不辭而別，他極度吃醋說明他在乎你，強烈的妒忌心驅使他要獨占林靜莎。」

「林大仙，你果然周身法寶。」

「另一個高潮是促使宋德彰親眼看見林與James談情說愛，肌膚之親，從宋對林的冷嘲熱諷，批評林不要看重金錢財富，故意貶低James祇會吃喝玩樂，是個不務正業的花花公子，他在說James的壞話啊，一反他謙謙君子的性格，他中的妒忌毒極深，你逼迫他要行動，他要得到你才能證明他比James優秀。」

「那也要宋德彰竭盡所能力爭嘛。」孟朗皺眉頭說。

「還不是靠你這個古道熱腸的邱比特射出金箭。」

「我？」

「是你對宋德彰當頭棒喝罵他James要向林靜莎求婚，再不急起直追就永遠失去林靜莎。林靜莎用了一帖猛藥，兵行險著，祇有輸贏，沒有中間斡旋的空間，輸掉了，林靜莎自尊自重的驕傲性格也不容許她回頭去找宋德彰。」

「我不是跟你說過我沒有什麼可以輸嗎？」

林靜莎漫不經心說，又換上一襲灰色婚紗，上面的編織線條閃著亮光，讓素雅的灰底色添加光澤感，高貴又不花俏，是內斂的奢華，塑造林靜莎像冷傲的月神。

「我也問過你《紫釵記》霍小玉的真實結局，你說你知道仍要繼續。」如嫣淡然說。

「霍小玉和李益不是大團圓結局嗎？」孟朗搶白。
「霍小玉是侯王妾侍女，淪落風塵，碰上紈袴子弟李益，唐代詩人，其名句『一夜征人盡望鄉』膾炙人口，也是極品渣男，李益戀其美色，霍也自慚形穢，乞求李相愛八年，之後到庵堂為尼，李負心薄倖拋棄霍，霍相思成疾而死。」
「那又怎樣？」林冷笑問。
「你使用心計強求愛情和姻緣如霍小玉。」
「也不是啊，宋德彰和林靜莎本來就互生情愫，祇是宋德彰患了婚姻恐懼症，林靜莎暗中推他一把。」孟朗極力維護林。
「宋德彰懂得你嗎？他會用你需要的方式去愛你嗎？若他不懂得你，他祇會用他所需要的方式去愛你，結果你愛得愈深，受的折磨和傷害就愈深，恐怕你在演出一齣悲喜劇。」
「如嫣，你太多理論了，實戰時毫不管用，愛情本來就是從心，要愛就愛，要恨就恨，怎會想那麼多？」孟朗高聲說。
「我不需要你的意見，也不需要你的祝福，我有信心我的婚姻是一齣喜劇。」林高傲地反擊。
門外傳來敲門聲，孟朗跑去開門，宋德彰從容走進來，他穿著筆挺淺灰色燕尾禮服，粉紅領結，貼服油頭，神采飛揚，玉樹臨風，他溫柔低聲說：
「打令，你準備好了沒有？攝影師正等著我們拍婚紗照。」

「快好了，我選了這套婚紗，好看嗎？」

「你的眼光真好，這襲灰色發亮的婚紗跟我的禮服十分相配。」

「你喜歡就好了。」

「剛才你們聊什麼？有沒有想我？」宋輕輕擁抱她入懷問。

「在討論你有多愛我。」

「你不要多心，你知道我有多愛你，祇想跟你在一起。」

林靜莎甜絲絲對著宋德彰展開笑顏，滿臉幸福挽著宋的臂彎走出房間，回頭輕藐地瞥看如嫣一眼。

《幽媾》

1.

半夜孟朗跑上如嫣家裡借宿一宵，如嫣上下打量她，正想發問，孟朗已經滿腹牢騷埋怨：

「H市政府對學生洗腦必定要愛戴中共國著了魔，到達瘋狂智障的地步。」

「又有什麼匪夷所思的新聞？」

「H市教育局發表校外評核報告，指出特殊教育學校對智障及自閉症學生的國家和國安教育範疇不足，常識科未能充分涵蓋《憲法》及《基本法》教育學習，要求學校領導檢視教學內容，全面落實國安教育，宏揚愛國大義。」

「那些智障學生的數學計算能力祇能數出一至三的數量，沒有可能了解國家安全、《憲法》及《基本法》的複雜概念，自閉症學生也沒有足夠的專注力關心國家大義。」

「中共國決心維護政權的安全，首先抓緊娃娃和學生洗腦愛國，引用《中華人民共和國愛國主義教育法》，要求中三學生開始學習『習近平新時代中國特色社會主義思想』，接著就會對H

市所有人洗腦要愛國，接受共產黨是中共國唯一合法的執政黨，潛移默化要愛共產黨，偷樑換柱達致愛國等於愛共產黨，奴化H市人，熱愛奴隸主的共產黨。」

「H市人是俎上肉，任人宰割了。是啊，還有一件政治案件調查得怎樣？」

「是壹傳媒創辦人黎智英和三間《蘋果日報》相關公司被控四罪，包括一項串謀發布煽動刊物罪、兩項串謀勾結外國勢力罪和一項勾結外國勢力罪。但也沒有什麼好說啦，這是一宗昭然若揭的政治逼害，黎智英做過什麼勾結外國勢力？控方沒有明確定義及指出什麼是外國勢力，《國安法》本質是一種政治打壓工具，任由當權者恣意濫用，況且，H市政府審理此案時已經破壞普通法原則。」

「怎樣破壞普通法？」

「第一為何《國安法》有追溯期？黎智英涉及的控罪、地點都是在《國安法》頒布之前，這有甚麼法律依據檢控他？第二推翻H市《基本法》及普通法的無罪推定原則，當一名疑犯未被判定有罪前，他是無罪之身，也傾覆了疑點利益歸於被告的普通法精神；第三未審先囚，法庭罔顧事實與法理，將黎智英關押單獨囚禁，至今達三年多了，每天祇有50分鐘外出活動時間，H市共政府已經違反國際人權法；第四不設陪審團，H市強辯三名指定國安法法官代替陪審團判斷、裁決被告是否有罪，程序上沒有分別，甚至有好處。要是法官能夠代替陪審團裁決是否犯罪，為甚麼西方的法律先賢一定要設置陪審團取代法官裁決啊？」

「埃及幾千年前已經用抽籤的方式挑選平民做陪審團，設置陪審團的理論是公義建基於人性，法律也建基於人性，人性才是衡量一個人是否犯罪的最高準則，法律是體現人性而訂立的條文。古老的法庭重視陪審員制度，原因是不具備法律常識的普通人，可以基於良知審視案情，做出符合人性的裁決，判斷被告是否有罪，H市共產政府詭辯法官能夠代替陪審團是抹殺公義原則，強詞奪理。」

「P國隨時任意立法，削弱甚至取締國際法和國家憲法的最高法律原則，是所有專制獨裁政體的共通性，這不是人民的法律，是專制獨裁政體壓迫人民的利器，H市政府已經是警察社會[1]，對H市人實行嚴密鎮壓和控制，強調仍有法治祇是騙人的謊言，P國小粉紅肆意恥笑H市做『國際金融中心遺址』，P國將H市百年基業在幾年內毀於一旦也是一種成就。」

「現今的形勢是西方民主制度跟獨裁極權主義對決。民主制度有很多缺點，也很勞財傷民，但最大的好處是防止獨裁者出現，行政，立法，司法三權分立及新聞言論互相制衡，對大部份公民最有利，也確保權力和平交接；獨裁極權政體的權力集於一尊，祇對體制內一小撮人最有利，各方勢力爭奪最高權力，血腥殺戮，生死相搏，如朝鮮金正男在千里之外的吉隆坡機場被間諜毒殺，李克強在多重保護被心臟病，送到上海曙光醫院救治，一命嗚呼。」

---

1 Police State，也譯作警察國家。

孟朗伸了個懶腰，身上衣服歪歪斜斜，如嫣挑眉問：

「為什麼穿得乾淨整齊？」

「今天下午參加親友的註冊婚禮，接著採訪大人物。新郎是我的遠房親戚，建築師和業餘詩人，新娘子是我的朋友，名校才女，二人天作之合，半個月後擺婚宴，接著回到男方老家定居，順便蜜月旅行。」孟朗說得興起，還傳了結婚照片給如嫣，她打開話匣子，不可收拾：

「他老爸的輩份是我表叔公，他的經歷頗為傳奇，幾十年前P國文化大革命被打成右派批鬥險遭毒手，冒死攀山涉水逃難到U市，移民外國一無所有，在洋人公司工作學習，克勤克儉攢了資本，投機樓房買賣起家，再從商發達，快要五十歲時才得子，生了三胞胎，奇怪是三個男孩的模樣毫不相像，他第一次回來剛巧碰上兒子結婚主持婚禮，二人是閃婚，認識不到一個星期就結婚，其中過程玄之又玄，不過，你得先告訴我一個玄幻推理故事，我才告訴你。」

「你真無賴，厚顏無恥勉強人家呢。」如嫣笑說。

「你不想知道嗎？這是牽涉一起幾十年前的密室殺人事件，死者死狀恐怖，找不到兇手，至今仍未破解，它正挑釁地向你招手呢。」孟朗興高采烈回話。

「好吧，這是我從網上看到的，我將它改動一下做推理小故事。一名男生養了一隻狗狗好幾年，感情十分要好，狗狗很黏他，事情發生在奧林匹克運動會結束後不久，金風送爽時節男生搬家，當他們來到新家社區時，狗狗興奮不已忽然跑出馬路，眨眼失去蹤影，大家到處找尋，走遍商場社區各地，去到狗狗最喜歡蹓躂的麵包店，裡面傳出陣陣香氣，應時麵包餅食剛好出爐，還是找不到牠，男生心裡焦慮徬徨，突然想起朋友懂得動物傳心術，便滑手機給朋友，朋友要求男生傳一張狗狗照片，讓她跟狗狗心靈感應交流，過了一會，朋友傳簡訊稱自己功力太低未能與狗狗傳心對話，徵求男生意見可否讓她傳狗狗的照片給師傅，使她與狗狗溝通，男生答應，過一會兒，師傅傳來一張圖片，上面劃了五個吊掛的圈圈，稱那是狗狗看到的東西，還說狗狗正在那裡等候男生接回牠，男生再仔細搜索社區，還是找不到狗狗，於是再跟師傅聯繫，請她問狗狗是否喜歡那裡要留下，不想回家？師傅回覆狗狗仍在等候男生，心急要回家，最後男生在一間商店找到狗狗。」

「真的玄幻有趣，師傅不認識狗狗，竟然憑一張手機照片，無需說話就能跟狗狗心靈互通，告訴師傅心裡話，照片還是間接收到呢，謎團不是解構師傅怎樣跟狗狗交流吧？」

「別瞎說，開頭已經講過是玄幻故事，問題是在什麼商店找到狗狗？」

孟朗側著頭認真想了一回，信心滿滿說：

「你強調搬屋時在奧林匹克運動會結束後，狗狗提供的圖畫是吊掛著五個圈圈，那是狗狗看到的，五個圈圈代表奧運會互相鏈結的五色環標誌，我推理那是一間售賣運動用品的商店。」

「你果然中計了，墮入紅鯡魚的詭計轉移焦點、混淆、隱瞞真相及敘述性詭計。」

「什麼敘述性詭計？」

「是推理小說的一種寫作手法。作者通過敘述，主觀介入故事，以敘述手法和曖昧的文字，刻意誘導讀者向假象的方向靠攏，日本推理作家折原一是表表者，喜歡與否，見仁見智，有些讀者稱被騙得很過癮。」

「你有什麼曖昧的敘述？」

「我敘述金風送爽時節，麵包店傳出陣陣香氣，應時麵包餅食剛出爐是語焉不詳的描繪，特別強調『五個』吊掛是『圈圈』的線索，意思含糊，誘使你做出錯誤的結論。」

「這些線索有什麼意思？」孟朗不服氣問。

「金風送爽時序暗示秋天季節，陣陣香氣的應時餅食暗示烤焗月餅，吊掛的圈圈是懸在半空出售的燈籠，所有線索都指向臨近中秋節，答案是販賣元寶香燭的商店，他們於中秋節將燈籠吊掛在半空招徠顧客。」

「你的解釋很牽強耶，取巧誘導我。」孟朗撇嘴說。

「如果是虛構的推理小說，這起事件也可稱為『設定系』推理小說，設定條件就是師傅能夠跟狗狗溝通，閱讀牠的心意，畫出圖畫顯示狗狗看到的東西。」

「什麼是『設定系』推理小說？」

「是將科幻、玄幻色彩融入推理小說，在日常普通識框架外增加及拓展額外設定，加強謎題的複雜性，致使推理獲得額外的趣味。例如《心靈偵探城塚翡翠》的作者相澤沙呼於開篇即扔出一個超越常識的設定『靈媒能力』，靈媒美少女以靈視獲知兇手的真身，對男主角暗示線索讓他推理破案，最後劇情反轉再反轉，兇手出人意表，作者也將『靈媒能力』設定與本格推理巧妙地結合達致推理高潮。」

「你不打自招承認你所謂的推理小故事是瞎編。」

「不要撒賴，願者上釣，輪到你講你的玄幻殺人事件啦。」

2.

文佐翰駕車來到U市郊外的霧裊村，他幾年前大學畢業從外國回來，在一間建築事務所任職，最近公司接了一單工程項目，在霧裊村規劃別墅小區，預計半年後拆卸現址，當中包括他親屬的樓房院子，文佐翰向親屬借住房子，將會勘測地盤、評估環境及構想融入周遭景色的設計，寓度假於工作。

他在村口停車場泊了車子，看到一條清澈河溪緩緩流淌，低矮的石壩攔起碧綠的池溏，幾隻小艇在岸邊蕩漾，白絹般的瀑布傾瀉流往下游，對面崖壁點綴形態優美、漸趨變色的楓樹，他拉著一只行李箱信步走向目的地，經過兩邊十數間商店，來到一堆半新半舊，風格各異的房子，當中獨個兒插入一間古舊式樣的洋房，隔籬是樸實小別墅，屋子外牆乾淨高大，按鈴時看見小孩在後面奔跑。

「都是你們不好，為什麼用石子擲向鳥兒？牠們又再攻擊我們。」女孩抱怨。

「好玩嘛。」

「有人住進鬼屋。」小孩竊竊私語。

接著鐵門打開，開門的老婦瞪了一眼，小孩作鳥獸散，又愣了一下，仔細打量文佐翰說：

「你一定是文少爺了，我接到通知你會居住一段日子。」

「您好，阿姨，這段時間打擾你啊。」

「沒有的事，我和老伴也是無事忙，你叫我祥嬸好了。」

「祥嬸是本地人嗎？」

「我從外地嫁進村子裡。」

祥嬸搶著替他拿行李，帶領他經過院子，寬大的石板步道分割了幾個別緻的礫石草地，栽種了開花灌木和花卉，牆角一株黃綠色大柳樹迎風飄揚，窗邊一株祇有半邊的老松樹向院子斜傾像飛鳥，樹幹下面用一根木頭撐起，一面矮牆分開隔壁的小別墅，還安裝了栓子的木門，文調侃說：

「這堵牆如韓國的矮牆防君子不防小人。」

「以前二幢小洋房的屋主是親戚，老一輩去世，後一輩移民，屋子丟空日久失修，分別易手，現時業主希望保留矮牆及負責修復原貌，小別墅的業主也樂見其成，協議保留矮牆和木門。」祥嬸連忙解釋。

「啊。那株松樹很漂亮。」

「幾十年前一場火燭，那株老松樹被燒焦，以為它死去，怎料第二年它又抽出新葉芽。」

屋子是二層高的樓房，地下是客飯廳、衛浴間和廚房，老舊的傢具，拼花階磚地板，散發懷舊色彩的歷史情調，窗明几淨，簡約愜意，牆上掛了一幅鑲在畫框的山水畫，名稱為《霧梟溪圖》，畫紙泛黃，一角被燒毀，畫作是平遠式布局，遠方山峰迤邐起伏，近處丘陵連綿多變，山間岸邊裝點盤曲多姿的樹木，碧波縈迴，溪泛孤舟，霧靄縹緲繚繞，沒有上款，下款寫於丁未年，霧梟村，沒有畫家名字，文佐翰欣賞了一會再環顧房子，祥嬸解釋：

「這裡陳設模樣如同昔日，除了廁所和廚房修改做時尚裝潢。」

「是否將房子增值，高價出租？」

「業主現長居外國，未曾來過，他買入房子，重新裝修跟以前一樣，沒有打算將房子租出。」

「房子清潔整齊，院子草木青蔥，也需要打掃修剪。」

「業主每年給我們一點錢替他打理房子，廚廁重新裝修是方便我們使用。」

「想必是長期投資，待價而沽，這次收購價不菲，算一算，房子升值了好幾十倍啊。」

「那就不得而知。但是業主還捨不得賣呢，他曾經在霧梟村住了些日子，嚮往村子美麗的風景，不過，礙於群眾壓力，年紀也大了，忍痛割愛。」

「那段日子一定十分美好，令業主緬懷至今。」

「是吧。我們上去你的房間。」

文連忙機敏地提起行李箱，一樓右邊間隔了二個房間，文瞄一眼其中一個房間，發覺是上了鎖，祥嬸體會說：

「是業主吩咐鎖上的，不許人進入，原因不得而知。但我每星期都會打掃。」

「明白。」

中間是小客廳，祥嬸打開左邊偌大的房間，裡面寬敞明亮整潔，傢具一樣古色古香，睡牀頭上掛了個大蚊帳蓋到地上，看望窗外的屋子是未來建築地盤，遠一點蜿蜒的河溪隱沒在二岸崖壁。

「這是大門和房子的鎖匙，冰箱衹存放一些本地蔬果、油鹽調味料，村口有公車到最近的社區，約半小時車程，可到超市購物，你有什麼事情可在村口的雜貨店找到我，我在看店及照顧孫子。」

祥嬸交給他鎖匙離去，文佐翰安頓後出外勘察，對面屹立小山，從山腰到平地生長了大片樹林，是著名的風水林，具有保存水土及緩和颱風吹襲，林內有三至四層高度不一的植物，喬木層的樹冠遮擋陽光，中層摻雜較矮的樹種，接著是低矮的灌木，最底則是蕨類和草本植物，鳥聲嘈雜，看到白頭翁、相思、麻雀等鳥兒唧唧喳喳，不時聽到幾聲啞啞怪叫，幾十隻烏鴉棲息在樹上，文經過錯落有致的竹林，在旁邊小路上山，走了約二十多分鐘上到達山頂，霧裊村背靠大山，左右二條支脈環抱村落，河溪貼著右邊山脈流動，半山是一堆嶙峋怪石，他取出照相機拍攝存檔，極目遠眺，四周翠綠丘陵山地，陽光和煦，谷風迴旋，涼風習習，安閑舒暢，倍感詩興馳騁。

他走回村內，途中遇到不少年青男女揹著背包，精神煥發進村，又見到年青女子在他家的門口徘徊，低頭滑手機尋找，轉頭瞥他一眼，匆匆走到隔壁小別墅，他踱步到村口，在小酒吧吃過漢堡啤酒的午餐，悠閒徐步走到河邊欣賞景色，一個老船伕叫住他說：

「文先生，您好啊。」

「你怎會認識我？」

「你跟……我朋友一般好看。」文挑一挑眉，老船伕接著連忙說：

「我說是朋友年青時。我是祥嬸的老公，她說那一個官仔骨骨[1]的後生仔就是你。」

「您好，祥叔，這裡的風景很優美啊。」

「是的，霧梟村又叫陳家村，二十多年前因山清水秀吸引一些外人定居，霧梟溪的晨霧和秋楓很出名，旁邊的霧梟山不太高容易登上，山頭有奇石懸空在霧梟溪上，俯瞰溪水像一條碧綠的柔滑帶子，山上生長了大片蘆葦林，風吹草低好似起伏的波浪，情侶都登山看日落，將蘆葦林做前景拍照，美麗極了，還有定情谷的情人牽手雙瀑布。」

1 衣冠楚楚，風度翩翩。

「怪不得剛才看到許多遊客。」

「是啊，週六及假期有很多人到來遠足旅遊、泛舟，夜間又有螢火蟲可看引發商機，居民爭相經營民宿，你隔壁的小別墅也出租房間。文少爺，要不要坐船遊溪？你是老婆的朋友，不收費。」

「先謝謝你，下次吧。」

文跟祥叔聊了幾句，駕車到社區閒逛購物，回家休息一會，黃昏時弄了番茄燒牛肉意大利麵，開了一瓶紅酒，佐以藍芝士，飯後亮著四角的枱燈，散發橘黃柔和的燈光，躺在沙發休息欣賞音樂，接著打開電腦工作，期間收到不少簡訊，當中孟朗寫道：

「表表哥，你在外國詩刊發表的十四行詩令君傾倒，我朋友十分仰慕。」

「十四行詩是小眾的興趣，如推理小說。」

「上心難忘，她想認識你。」

「放下，就會更逍遙。」

「你是不婚主義者嗎？好，走著瞧吧。」

「你說誰？」

「當然說你，表表哥。」還附上幾個嘲笑的表情符號。

文佐翰不再理會，全神貫注工作，忽地隱然聞到非蘭非麝的香氣，他納罕地追尋，走出院子探秘。

皎月當空，銀光芳菲，閃爍生輝，茉莉幽逸，晚香玉濃郁，分庭抗禮，各擅所長，香氣混合成絲絲甜蜜的氣息，霎時勾起莫名的漣漪，像香氣無形無色，感覺如尋找愛情患得患失，又如沉醉熱戀相偎相依，非蘭非麝的香氣惹人遐想，是兒時的記憶？前世的印記？

「花月生涼夜，松風送香氣。」他神來地吟出，低頭苦思，抬頭脫口說：

「嫋嫋柳影動，嬝嬝玉人來。」

他擦亮眼睛再看，沒有人啊，為何心生綺念？思維墮煙海，百思不解，月白風清，香氣繚繞，心醉神迷，煩惱盡消，不忍離去。

昨晚夜深人靜不願睡，日上三竿不起牀，文佐翰躺臥賴牀回味昨夜光景，那香氣還縈懷像做夢啊，突然收到上司的事務指令，他匆匆吃過早午餐全力工作，忙到下午才完成，將資料報告傳送給上司。

他鬆了一口氣，喝著咖啡，倏地好像有聲音對他說燒我們喜歡的菜慰勞一下吧，他不由自主駕車到社區，直走到中式市場，神使鬼差買了食材，回家時才發覺是完全沒有接觸過的東西，連忙上youtube查看，忙亂了好一會，福至心靈燒了幾個廣東家庭小菜，三菜一湯包括生炒排骨、蒜蓉炒白菜、豉汁蒸鱠魚和青紅蘿蔔排骨湯，他納悶想曾經在外國生活，來到U市也是以西餐為主，祇有跟朋友或同事一起進餐才會偶然吃一頓中菜，更遑論燒中菜，自己是未雨綢繆的人，不會衝動行事，為什麼會這樣？他思考時好像有人對耳語說管他呢，快點吃飯，他從善如流品嚐自己燒的菜，竟然不錯，感覺身邊有人跟他一起吃飯，迅即心情愉悅，還添了飯。

飯後，他收拾屋子，偶然打開古舊的櫃子，在抽屜發現一個磨損燕麥色的女裝短皮夾，款式精美大方，無形中感到有一種力量慫恿他打開來看，發現祇有二枚簡單的金色戒指，一枚刻著"I love you"，另一枚刻著"I know"，心想可能是祥嬸或其他人善忘遺留，小心放回原位，他四周張望，沒有人啊，誰在說話？

他磨蹭了一會開著MP3，點到經常聆聽莫札特的古典音樂，不料竟播放六十年代流行英文老歌，他有點意外也不在意，先是播放《用一個吻封緘》，Patti Page以溫柔恬淡的歌聲訴說少女與愛人暫時離別，挑動無限思念，每天將全部的愛寄給他，用吻封印，寫盡對愛情熱烈的渴望；接著《交換舞伴》突顯少女墜入愛河時的期盼，心亂如麻，相思之苦不斷將她折磨，二人翩翩起舞，卻要交換舞伴，她失神地左顧右盼，美妙難忘的時間太過短暫，心扉綻放，愛人啊，你是我唯一的伴侶，是少女對愛情矢志不渝的宣言；最後是Connie Francis的《最後的華爾滋》，她的歌聲哀怨纏綿，詮釋戀人在最後一首華爾滋結束後就要分離，他們渴求歌曲持續下去，祈求他們的愛情能夠天荒地老，可惜萬般無奈地分首。

文佐翰思考這三首老歌正好描述戀愛的過程，相識、相戀、分離，若然這是一個哀豔的愛情故事，他們怎樣相識？如何相戀？他們的愛情為何戛然而止？什麼事情逼使二人勞燕分飛？最後二人的結局又如何？是否分別成家立室？還是悲劇收場？為什麼我會這樣忖度？真是耐人尋味，文思索著便入睡了。

第二天午後他帶著工具箱，戴上運動型頭巾，揹起背包出外測量地盤，在山上畫了霧裊村全景草圖和收購地盤的位置形狀，心血來潮畫了幾張霧裊溪的速寫，回家路上碰到幾個小學生放學回家，他靈機一動叫住他們問：

「小朋友好啊，今天在學校有什麼有趣的活動啊？」

「有啊，今天上英文課時，老師說出十樣東西，我們分組比賽用英文寫出五樣相關的東西，例如比薩配料的奶酪、蘑菇、火腿、培根、玉米，最快贏得最多那一組獲得獎品，我們贏了，每人一支蠟筆。」一個小男生興奮說。

「我認得你，你就是那個帥氣叔叔。」

「謝謝你，你也很漂亮，小美女。」小女孩靦腆地笑。

「叔叔，你做什麼工作？為什麼會搬進那個房子？」

「我是建築師，有建築商收購了一些房子重建，我公司接到工程監造合約，負責前期工作如房子設計等工作。」

「我家也被收購，建築商答應建築新房子給我們，我們都等著呢。」

「叔叔你現在住的房子也會被拆掉嗎？」一個男生問，其他孩子即時格格地笑作一團。

「是啊。有什麼好笑好玩的事情跟我分享啊？」
「你在房子有沒有遇到奇怪的事情？」
「沒有啊，有什麼奇怪的事情？」孩子又一起嘻笑。
「那個房子有鬼啊。」那個小女孩偷偷告訴他。
「是誰告訴你們？」
「村子裡的人都知道啦。」孩子七嘴八舌。
「那麼說給我聽吧，我請你們吃冰淇淋。」
「我奶奶說以前。」男孩一本正經說。
「以前到我爸爸媽媽還沒有出世。」另一個男孩搶著說。
「奶奶說那裡建造二座一模一樣的房子，住了二家親戚，那年頭不知道為什麼有許多人從P國偷渡到U市，有四個偷渡者投靠其中一家人，當時警察經常搜索暴徒。」
「那些偷渡者是暴徒嗎？」小女孩納悶問。
「不是啦，奶奶說是那些占領市區癱瘓U市，周街放菠蘿[1]的共產黨，在北角清華街炸死二名小姊弟的暴徒。不要插嘴打斷我啦。」

[1] 土製炸彈。

「之後怎樣？」

「不久另一家一名女孩燒死在家裡，後來一個偷渡女知青也死在密室裡，跟著傳出是女知青殺死女孩，畏罪自殺，女孩冤魂不息，經常在二間屋子現身作祟索命，嚇得他們把房子賣掉，改建成現在的模樣，事後女鬼祇會在你居住的屋子現形。」

「不是的，爺爺不是這樣說。」另一名女孩大聲否定。

「那麼最近有沒有鬼魂出現？」

孩子交頭接耳商量一番後，一個小男生鬼頭鬼腦告密似的說：

「我們曾經想打開小別墅的木門進入屋子探險，小別墅沒有栓子，但另一邊屋子卻拴上了，我們利用一把梯子輪流爬到牆頭偷看，他們說什麼也看不到，但是我在楊柳樹看到一個白影，在對著院子的房間也看到呢，嚇得我從梯子掉下來，大家雞飛狗跳跑回家，他們都嘲笑我自賣自誇吹牛，但我相信我跟鬼魂擁有溝通的磁場，才能夠接收到它的頻道看到它。」

「胡扯、瞎說，你炫耀比我們大膽，連鬼也看得到。」

同伴吵吵嚷嚷揶揄他，胡鬧了一會，文佐翰帶他們吃冰淇淋，之後一哄而散，他回家碰到祥嬙打開上鎖的房間打掃，看到一張裝了裱的工筆《美人回眸圖》，畫中宮裝女子背立，側身回看，半露俏顏，鳳眼蘊情，輕紗長裙，衣帶飄飄，宛若天人，文轉向問祥嬙：

「你是否遺留一個短皮夾在古舊的櫃子裡？」

「什麼短皮夾？」祥嬸一頭霧水問。

「一個燕麥色的女裝短皮夾。」

「我用的是黑色長皮夾，在屋子裡也沒有見過任何皮夾。」

文走到古舊櫃子拉開抽屜看，去了那裡？文皺一下眉再問：

「我聽到一些關於這間屋子的傳聞。」

「你聽那些屁孩亂講，他們異想天開，發白日夢編造屋子有鬼，經常想要走進屋子鬧事，我已經驅趕他們好幾次。」祥嬸立刻動氣說。

「啊。」

晚餐後他繼續工作，一心一意工作時不經意抬眼看發覺有人偷窺，他急忙跑出去看，下意識望向柳樹，沒有人啊，但聞到女子浴後的清新味，發覺矮牆的木門沒有拴上，祥嬸忘記閂門。

夜深沉，文佐翰睡夢裡感到失去重力，隨著意念飄浮飛翔在雲彩間，自由自在，忽然飄蕩一陣陣異香，沁人心脾，撥開雲彩，看見一名長髮女子的背影，女子緩緩轉身，他心裡莫名其妙地撲通撲通，沉了一下像漏掉了一拍，倏忽又彈回來，沒由來地歡喜，女子容色清麗，秋水盈盈，流盼生情，身穿白底灰色花朵長裙，黑色披肩短外套，含蓄奢華的冷色，氣質深沉，她嫣然含笑說：

「你終於回來了。」

文踏步上前迎向她，女子漸漸隱去，他心急如焚地找尋，不料失足掉落雲彩，如墮無盡頭的深淵，他驟然夢醒，茫然若失。

他回憶女子的相貌，深陷想念，思念恍惚遙遠，偏偏比現實更接近，是那種感覺嗎？要是二人分開時互相思念，相見時洋溢美好感性的感覺，那是愛情嗎？他旋即執起鉛筆，連續畫下幾張女子細緻入微的畫像，忽然收到公司的工作指示，他廢寢忘餐地工作直到筋疲力竭，使自己容易快點入睡，他睡裡矇矓地聽到一縷歌聲唱道：

「我寄寓，寄寓在柳陰下，哭風霜乞片瓦。」

他半夢半醒，循著歌聲走到院子，輕煙縹緲如夢，看到女子亭亭玉立在柳樹下，身穿復古碎花長裙，他急步走過去，女子霎時不見了，他慌張找尋，她故作矜持，還是欲擒故縱？我是否仍在夢中？她折磨得我心煩意亂，他失望地回到屋子，喜不自勝看見女子站在窗前，眼中含怨，幽幽說：

「我已經等你很久了，我憑藉一點執念支撐才會飄盪陰陽界。」

「我來了好幾天，你怎麼不早點跟我見面？」

「我渴望見你，但是唯有你也想見我，我們見面才有意義。」

「故此你入夢來，我也有許多說話想跟你說，可是一開口就是我好想你。」文站到她旁邊濃情說。

「你總是用一句話就消除我對你的恨意。」女子嘆息。

「我們有多久沒相會？」

女子數一數手指，舉起手說：

「這麼多。」

「你的手很美啊。」

「你正經一點行不行？油腔滑調。」她莞爾一笑。

「女生愛用耳朵談戀愛嘛。」

「嬉皮笑臉，真拿你沒辦法。」她藏不住笑意。

「你叫什麼名字？」

「你喝了孟婆湯，再世為人，什麼也忘記了。」她感嘆欷歔。

「我真的不記得，沒有回憶。」文神情懇切。

「我姓紀。」

「我記起了，你是筱華，洋名Beatrice，那麼我是Dante。」

「是，你是我的Dante。」

她伸手撫摸他的俊臉，嘆一口氣，低聲說：

「其實我每時每刻也在你身旁，相離不遠，等著你記起我。」

「啊，我明白了，月夜飄浮非蘭非麝的異香，美人浴後的清新氣味都是你發出的訊號提示我。」

「怎知道你不點不亮呢。」她不置可否回答。

「你還在我耳邊叫我燒菜慰勞自己，燒廣東菜也是你的鬼主意，我手忙腳亂不知如何動手。」

「要不是我這個烹飪高人出手指點，你怎能完成呢？」她輕顰淺笑。

「還跟我一起吃飯啊。那麼播放六十年代流行英文老歌也是你的傑作？那三首歌曲的內容是描繪戀人相識、相愛、分離，跟我們有關嗎？」

她垂下頭黯然神傷，泫然若泣，文看得心酸，欲摟她入懷但撲了空，她飄然坐到沙發說：

「我無質無體，你不可能觸摸我。」

「但是你知道我想什麼？你懂得讀心術？」文詫異問。

「是的，祇限於在這個屋子範圍，那是我的能力。」

「你能夠驅使別人為你幹活嗎？」

「我不能直接驅使別人幹活，但我具備『有他心』的能力，是我們五通之一，能夠影響別人的意識，要是該人意志強大就能抗拒我們，擊退影響，有說人怕鬼三分，鬼怕人七分。」

「那一群小孩鬧哄哄到來探險，祇有一個小孩看到你，為什麼？」

「他是唯一的小孩相信我的存在，若然心有鬼才會見到鬼。」

「祥嬸看不見那一個燕麥色的女裝短皮夾，她不相信你的存在？」

「皮夾是實物，是我掩住她的眼睛讓她看不見，我也曾經蓋著你的眼睛呢。」
「皮夾裡二枚戒指是我們嗎？」
「你說呢。」
「我相信那是我倆定情信物。我一開始並不相信你存在，為何相遇？」
「我跟你有緣。」
「我們的緣份從何時開始？是前世情緣？還是命裡注定？那三首歌是描繪我們的愛情嗎？分離是我們的宿命？發生了什麼事拆散我們？」文急切問。
她頹然沮喪，長嘆一聲說：
「你轉世重生，什麼也忘掉了，你不是他。」
筱華瞬間消失，文佐翰大聲叫喊她的名字，到處找尋心力交瘁，惘然若失，懨懨地攤在沙發上，呆看日出日落，獨飲悶酒，酒醉倦透，入睡尋夢，夢裡聽見歌聲唱道：
「我愛君風華，慕君風華，盼君泣月下，屈居柳陰受霧雨打，盼蝶來活了解語花。」
他隱隱感到眉毛、臉蛋、嘴唇被撫摸，接著軟綿的熱唇溫柔地吻他，他回應索吻，不停地夢囈說：
「Beatrice，是你嗎？」他迷糊地聽到憐惜嘆氣。
「我好想你啊，我們上一世已經被迫分開，今生不要離開我。」

他奮力掙扎夢魘，好不容易才睜開眼，窗外白茫茫的晨霧隱藏霧裊溪，找不到筱華的蹤影，大失所望，心情低落，快快不樂地躺臥，多少恨，昨夜夢魂中，難道是綺夢？

公司傳來新的工作指令，他不情不願地工作，食不知味吞嚥食物，完成工作已經日薄西山，他吃過三文治的晚餐，開著柔和的燈光，啜著酒，聽著六十年代浪漫的情歌，再點到《最後的華爾滋》，幻想跟筱華沉醉共舞，夜深沉，他仍等著，忽然聽見聲音愛嬌說：

「人家也喜歡聽披頭四[1]的歌曲。」

「你終於回來了。」文佐翰喜形於色說。

「愛上你祇用幾分鐘，忘記你要一生的時間，但我這一生還未完呢。」

「說得真好。來吧，坐在我身旁。」

「不要碰我，我的陰氣會吸取你的陽氣，影響陽壽。」她溫順坐在他身邊說。

「我不管。」文裝出要摟抱她的樣子，她倏忽閃到對面生氣說：

「你再撒野，我不理你。」

「那麼你多點跟我說話，是否祇有我聽到你的聲音？」

「是的。」

1　Beatles，六十年風靡一時的英國樂隊。

「什麼道理？」

「我將聲波調校與你的腦電波同一個頻道，將訊息傳遞給你，祇有你一個人能夠聽得到，如武俠小說作家梁羽生寫的武功傳音入密。」

「那麼你就能夠隨時影響我，下令要我說我愛你？」文恬不知恥問。

「我才沒有你那樣無聊，不過，你可要小心啊。喔，這個是什麼法寶？你經常拿著它說話，寫字，還可以看影片啊。」筱華指著茶几上的手機問。

「這是科技發達的通訊工具叫流動電話，可以跟遠方的親友聊天或寫簡訊溝通交流。」

「那挺方便呢，隨時隨地可以打電話。」她伸手觸摸它。

「那一幅『霧裊溪圖』是我畫嗎？」文突然問。

「是我們合作的，我們爬上山頭欣賞風光，你將霧裊溪的景致和家鄉的峰巒也畫進去，我添加樹木和雲霧。」

「為什麼沒有下款的名字？」

「還未到公開時候，我們將交往保密。」

「可惜我今世沒有藝術天份，要不然再跟你同畫一幅山水同樂圖，紀念我們的重逢該多好啊。我前世的家鄉在那裡？」

「你的家鄉在江南。」

「我怎麼會由江南來到霧㠗村？我們怎樣認識、相戀？為何分首？你為何去世？是否我辜負了你？」文連番苦苦追問。

她露出苦澀哀痛的神情，文佐翰憐惜怔怔地看著她，不敢觸碰她。

「請你告訴我，讓我彌償前世的錯失，安慰你悲愴的心靈。」他真誠肺腑說。

「你細聽啊。」她幽怨回答。

§

風水林傳來鳥群喧囂聒噪的叫聲，一名荳蔻年華的少女怒氣沖沖走入院子，對著坐在柳樹下看書的女子忿忿不平地叫道：

「筱華堂姊，你有沒有聽到烏鴉呱呱叫，家裡立刻來了幾個從P國的偷渡者，三個大人，一個小孩，他們會住在我家裡，我要挪到地下的客房，我的房間對著院子，望到風水林，風景很棒嘛，上幾個月那群烏鴉集體啞啞嘎叫，即刻發生了P國解放軍硬闖邊界，用機槍攻擊警崗，雙方發生槍戰，殺死五名警察，十二人重傷，近日警方經常派出警員截查可疑份子呢；商業電台的播音員林彬與堂弟林光海在上班途中，遭埋伏及縱火燒死在車裡，不知道這次會發生什麼血腥恐怖事件呢？」

「世局混亂，動蕩不安，伯娘竟然冒險收留陌生人。」
「有什麼辦法啊？那是媽媽娘家的親戚。」
「來者是一家人嗎？」
「不是啦，是三個約二十歲的男女，一個約十二、三歲的女孩。咦，你還在看《聊齋誌異》那些人鬼相戀、狐仙變臉的神怪故事？」
「不，是另一本書。」
「什麼書？」
「是林徽因與徐志摩、梁思成和金岳霖的感情糾葛。」
「最後怎樣？」
「巧瑩，為什麼祇看結果？過程也很重要。」
「愛情小說最大的謎團是男女主角最終能否走在一起？何況他們是一女對三男的奇特布局。」
「徐志摩堅決離婚一心一意迎娶林徽因，可是一次他搭乘郵政專機飛往北平探望林，飛機意外死去，後來林徽因選擇與梁思成結婚，是金岳霖胸襟廣闊退出成全他們，還選擇與二人毗鄰而居，林病死，梁再娶學生為妻，金岳霖終生不娶。」
「金岳霖真是個傻子啦。」
「金在古稀之年請老朋友吃飯，沒講原因，飯局一半時，金才說『今天是林徽因的生日』；

後有人拿著林的照片請他辨認時間地點，金撇著嘴角，像要哭的樣子，喉嚨微顫，似有千言萬語哽咽，不發一言，緊握照片，生怕照片飛走，良久才抬起頭，哀求說『給我吧』。金岳霖最愛林徽因，至死不渝，若有男人如他那般愛我，此生可以無憾了。」

「筱華堂姐，你恨嫁[1]啦，那個文質彬彬的男生就是媽媽的親戚，名字叫向陽，很對你的胃口呢。」

「你像烏鴉呱呱叫。」巧瑩仍我行我素說：

「他們的名字怪怪的，小女孩叫繼紅，另一個男生叫衛東，長相普通，那個女生叫紅兵，她改了男生名字呀，但長得很標緻，祇要稍作打扮，很能吸引男人，可惜臉上有一條隱約可見的細長疤痕，而且總是沉著臉。」

「P國爆發文化大革命，衛東是守衛毛澤東，紅兵是紅衛兵，繼紅是延續紅色政權。」筱華皺一皺眉說。

「哎吔，那是搞個人崇拜啊。」

第二天早上筱華到社區小學上班，霧裊溪如常在溪面湧現晨霧，輕紗薄翼般飄蕩拂面，草木如膏沐，散發清新舒暢的氣味，村口溪邊站著一個頎長身影拿著畫板描畫，抬頭看，二人對上目光，

[1] 恨不得、渴望出嫁。

是個眼睛深邃憂鬱，儒雅溫文的陌生男子，是個眼睛清澈明亮，娟秀脫俗的女子，筱華含笑道：

「早晨，您好。」

「早晨，您也好。」男子聲音清亮有力回答。

二人擦身而過，筱華走了幾步，站定微微側身回看，男子仍佇候凝視她，她臉泛紅霞，急忙走向車站，心神蕩漾，怦然心動，好一個氣質男子，他是否向陽？

下午她下班回家，心緒不寧，坐不是，行不是，看書不是，做飯也不是，等媽媽回來大聲叫道：

「你怎麼將鹹魚拌進沙拉裡。」

「這是我從報上看到葡萄牙的馬介休食譜。」她不肯認輸地反駁。

「你又為什麼將牛排蒸熟？」

「………。」

「你這樣冒失，怎能找到婆家。」

「媽，你不要囉囉唆唆。」

「你是不是有了心上人？」她媽媽疑惑地看著她。

「媽，你愈老愈糊塗。」

「你也愈來愈愛耍嘴皮子，我不管你，等你爸爸回來數落你。」

飯後，彎月東升，清風徐徐，她看望窗外院子晃動的樹影，男子動人的影像揮之不去，真的動了心嗎？輾轉反側，長夜難眠。

晚上向陽和衛東圍著紅兵在院子閒聊，向陽隨口問：

「繼紅睡著了嗎？」

「你幹嘛帶著她？礙手礙腳，我們輕身上路，她連累我們不能游水過來，要多用幾日時間走那些寸步難行的崎嶇山路，腳指頭也撞得破損了，我們預備的炒米粉[1]也不夠食，有一次她走得慢差點被解放軍捉到，幸好我們跑進樹林才躲開。」紅兵突然不高興說。

「她父母被迫害致死，祇賸下她一個人，你自己還不是是一樣，父母同是解放軍，並非高幹，卻無端捲入政治鬥爭，你爸爸被關進勞改場三年，媽媽神經失常，多次被抄家，最後祇賸下一本《毛選》。」向陽漠然回答。

「不，毛主席發動文化大革命是要建立一個理想的國度，一個沒有剝削、沒有階級、沒有貪污、人人平等、每個人都勤勞奉獻的社會，祇不過共產黨內部高層腐化變質，毛為了達到他的這理想，不留情地將他們鏟除，文革是共產主義決戰資本主義。」紅兵一副慷慨激昂的樣子。

「你迷信權威，還大義滅親啊，那麼你為何要偷渡？」向陽不客氣問。

1 將米粉炒熟磨成粉，拌和油鹽。

「我響應毛主席上山下鄉的號召，接受貧下中農的再教育，嚮往農村廣闊天地，大有可為，但是鄉下書記幹部變得自私自利，受資本主義荼毒，背離共產主義，是無產階級的敵人，還覬覦我的身體，我揭發他，遭他迫害，我無可奈何才偷渡。」紅兵一臉無辜的說。

「是嗎？共產主義是悖論，其提倡的公有制是野心家捏造的，是迷惑愚弄人民的美麗謊言，到頭來是平民一無所有，野心家手握大權，為所欲為，共產黨高層為了奪權互相傾軋，內鬥激烈，將不幸的平民捲入血腥的鬥爭絞肉機，血流成河，實施公有制就是摧毀平等的基礎，它是萬惡之源。」向陽沉重說。

「你們不要再爭吵不休了。紅兵說得極對啊，我們身陷入絕境在逃亡，顧不了其他人，活命要緊，走山路很好，我不大熟水性，風高浪急，游泳渡海很危險。」衛東附和紅兵，她輕碰他的手笑了笑，向陽裝作沒看見說：

「最後二天我揹著她走，沒有拖累你們，況且我們也安全脫險，幸好得到我的親戚收留。我們還是計劃未來的路怎樣走吧。」

「對不起，我想起路途艱辛，吃盡苦頭，才會胡言亂語。我說我不想再去，我要回頭，幸好你對我說『你不用害怕，我是你朋友，有我在就一定有你，我不會離開你。』有你的鼓勵，我才能撐得過去，向陽，多謝你。」紅兵軟語說。

「那你有什麼打算？」衛東面露不悅賭氣問。

「我想以政治難民的身份移民外國。」

「我也想去外國，看清楚萬惡資本主義社會的本質。」紅兵立即接話。

「我會留在這個城市觀察，是否有發展機會。不過，紅兵你以後待人接物不能急躁，也不要隨便透露你的政治立場，以免受人排擠。」衛東凝神體貼說，她對他甜笑，他們多聊一會，回房休息。

隔了幾天星期六筱華相約巧瑩登高散步，走到風水林看到紅兵將麵包碎撒在地上，吸引一大群雀鳥爭相啄食，忽然幾隻烏鴉也在她頭頂盤旋，向她搶食，嚇得她將手上的麵包拋到空中，落荒而逃，巧瑩連忙撐開傘子叫道：

「紅兵，快點跑過來躲在傘子下。」筱華看到她的臉色沉了一下，但立即裝出笑臉跑過來說：

「還好你機靈打開傘子擋住牠們，烏鴉是不祥之兆，惹人討厭。」

「牠們很兇猛，以後你來餵雀鳥要小心點，你喜歡雀鳥？」

「是啊，我以前養了一隻美麗的金太陽鸚鵡，很懂人性，還會學人說話。」

「你的鸚鵡叫什麼名字？」

「叫長征，是隻公鳥很會唱歌，衹要從鳥籠放牠出來，牠會立刻飛到我手上，吹口哨叫牠唱歌，牠即時清空喉嚨，唱出嘹亮的歌聲；牠的模仿力很強，能發出相機按快門的『咔嚓』聲，喝水的『咕嚕嚕』聲，更好玩當我炒菜時，牠在旁邊發出『鏘鏘』炒菜聲唱和；不過，最厲害是吃花生，我用口咬住花生，招呼牠過來，牠快如閃電，乾淨俐落將花生叼走，抓住花生一咬就破，牠最喜歡吃瓜子殼，但我不喜歡，經常搶走氣牠，牠發脾氣咬我。」

「可惜你沒能帶牠出來，你是否在離開時把牠放生？」

「不是啦。」紅兵露出傷心的表情。

「最後怎麼啦？」筱華暗裡拉住巧瑩，她仍不識相問。

「牠死了。」

「怎麼會？中型鸚鵡的壽命可達三十年，大型如金剛鸚鵡更高至五十年至一百年呢。」

「牠被指為小資產階級墮落的象徵，被人摔死。」

「真是遺憾，這樣善解人意的小精靈。」

「是啊，牠太可愛了，逗牠玩時，牠經常用羽毛撫摸我，親親我的臉蛋。」

「你的臉蛋怎麼會這樣？」巧瑩突然指著紅兵臉蛋的細長疤痕，大驚小怪叫道，紅兵瞬間沉下臉，筱華連忙截住她：

「一定是紅兵保護她的鸚鵡時，遭到毒手。是啊，我們爬山散步，你來不來？」

「哼，反動份子，你們是無產階級的敵人，無產階級專政萬歲。」紅兵氣憤地叫喊。

二人愣住，看著她怒氣走了，巧瑩不屑說：

「攪什麼？發神經還是鬼上身？沒家教。」

「不要侮辱別人的家人。最近有什麼新聞？」

「上星期村民發現風水林有一隻死去的烏鴉寶寶，給人絞殺死的，烏鴉便開始襲擊路人，牠們認得人，還用爪子和嘴巴攻擊特定的村民。」

「誰人殺死烏鴉寶寶？」

「不知道，可能是村裡的屁孩吧，他們十分淘氣，經常用彈弓對雀鳥射丸子、擲石頭，引致烏鴉騷擾村民。」

二人正想登山，忽然跑出一名少女對巧瑩說社區來了一批時裝新貨，拉著巧瑩離去，筱華衹好獨自上山，經過竹林，走了約半小時到山頂，風和日麗，景色怡人，看到有人席地而臥，享受天地大自然，旁邊放著文房四寶，筱華認出是當天的男子，筱華輕聲說：

「您好，你喜歡國畫嗎？」

男子睜開眼睛，閃閃發亮，立即站起拍一下洗得發白的褲子說：

「是啊，我是向陽，您是？」

「我叫筱華，住在隔壁。」

「你是巧瑩的堂姐。你也愛國畫？我在大學副修繪畫藝術。」

「可否讓我欣賞你的大作？」

向陽爽快地在背包掏出一疊畫紙，遲疑一下轉過身抽走其中一張，夾在畫板裡，遞給她謙虛說：

「請多賜教。」

筱華細心看完每一張畫作，交還他笑說：

「你的繪畫多數是平遠式的山水畫，巧妙地留了空白，充分表現山水畫獨特的空靈飄逸，一些很有新意加入現代元素，利用稻田波影襯托片片帆檣，樹木和房屋層層疊疊漸次推遠，不像傳統以矮山及丘陵表達平遠山水，及祇有田園溪流的平原大地，但是沒看到高遠式的崇山峻嶺，深遠式的萬水千山、丘陵溝壑的畫作，還有，你喜愛畫溪流河川。」

「你說出我的心裡話，意見十分中肯，我不知天高地厚改了個別號『樂水散人』，我的家鄉在江南，畫的都是我熟悉瀲灩輕柔的水鄉景色，近十多年連綿不絕的動亂，我未能到處旅行體會雄奇險峻、巍峨秀麗、遼闊壯觀、幽深寧靜的山川美景。山水畫創作理論說『意在筆先』，唐代詩人王維於《山水論》稱繪畫山水先要確定主題，詳細考慮大體布局，下筆才會一氣呵成。我胸無點墨，力有不逮未能建構高遠式及深遠式的安排，若勉為其難，很容易畫虎不成反類犬，貽笑大方，況且，深遠是三遠之中最難表達，古語云『自山前而窺山後，謂之深遠。』將氣勢磅礡的崇山峻嶺縮龍成寸，以鳥瞰的視覺，展示三維的景深，創造空間深遠的意境，最是嚴厲考驗畫家的藝術才能。」向陽嗓音清晰侃侃而談。

「你見多識廣，自愧不如。」

「你過獎了，若不嫌棄我們一起切磋。」

「剛才我們看到紅兵在風水林餵雀鳥，她真的喜歡鳥兒啊。」筱華岔開話題。

「是吧。」向陽冷淡回答。

「你和紅兵是好朋友？」筱華好奇問。

「我、衛東和紅兵是大學同學，我和衛東念繪畫藝術，紅兵主修歌唱舞蹈藝術。我們同甘共苦偷渡尋找自由，是朋友，我珍惜友誼。」向陽正容說。

「繼紅是你什麼人？」

「她父母是我家的老朋友，農民誣陷他們是反革命份子，連同幾百人拉到海邊集體屠殺，祖母被迫上吊自殺，留下她一個人孤苦伶仃，我見她可憐，答應帶她走，這是原則問題。」

「你對她不離不棄，身體力行信守承諾，好教養。」

「誠信是做人的基本道德，我祇是盡朋友之義，這是父母從小的教導。」

「你的父母在那裡？」

「他們留在鄉下，以前是大學教員，一九五七年毛澤東和共產黨為了剷除知識份子，發動反右運動，首先宣傳百花齊放，百家爭鳴，言者無罪，聞者足戒的保證，引蛇出洞鼓勵他們大膽發言，幫助建立共產黨執政前承諾的社會主義民主中國，之後連下殺手將他們誣害為資產階級、右派份子，一網打盡，實行全民共討之，全國共伐之，是文革誣陷迫害無辜者的先聲，人人揭發舉報，右派眾叛親離，關進牛棚受盡蹂躪侮辱，不少人走投無路自殺，死於非命，我父母看清共產黨狡詐的本色，守口如瓶也被牽連下放到鄉下，後來共產黨實踐大躍進和人民公社，釀成一九五九到一九六一的三年大饑荒的慘況。」

「什麼慘況？」

「情況最壞時村子的樹皮、浮藻也被村民啃光，還有傳出別的地方發生人吃人的恐怖事件，村民實在撐不住要求村書記放行到外地乞食保命，鄰村的書記絕對不容許村民離去乞食，敕令革命先進份子把守村口要道，村民偷走會當做反革命的反動份子，當場擊斃，每天早上召集村民高唱《東方紅》，搖著《毛語錄》吶喊戰無不勝的毛澤東思想萬歲，學習雷鋒精神，排除萬難，不怕犧牲，黃昏高歌《沒有共產黨就沒有新中國》，激勵大家要相信國家相信黨，聽黨話，跟黨走，黨會引領群眾過上幸福快樂的生活，幾個月後村民回來，發覺鄰村全部人都餓死了，書村記抱著中共五星旗死去，真是愚不可及。」向陽黯然說。

「我聽了十分難過，事情已經過去，好好休息一下，繼續努力生活，希望在明天。」筱華溫柔地按著他的肩膀說，向陽轉頭凝望她，她別過頭說：

「時間也不早了，我要回去。」

「我跟你一起走。」

「剛才還有一張畫作可否給我看？」筱華顧左言他問。

「在適合的時候我會給你看。」向陽故作神秘笑說，筱華含笑不語，二人輕快下山。

晚上，向陽跟繼紅聊天：

「繼紅，我們已經申請了身分證，我計劃移民到外國，你先住在這裡，我到了外國後，找到工作會匯錢給嬸嬸做你的生活費，等安定後，可能需時幾年，到時你再決定留在這裡，還是跟我到外國。」

「我明白，我十分感激你帶同我離開那個可怕令人絕望的地方，以後的事情也不知道會怎樣？我會努力幫忙嬸嬸養活自己，我喜歡霧裊村的生活，但是紅兵很惱人。」

「怎麼啦？」

「她經常打開窗子，晚上風很大，睡覺時很寒冷啊，早上她一起牀便在窗臺放下麵包餅乾碎、花生，引來很多雀鳥啄食，還將食物放在房裡，誘惑牠們飛入爭奪取樂，房間經常遺留羽毛，接著她手舞足蹈拉開嗓子高唱革命紅歌、八大樣本戲，幸好我們的房子對著院子，前面是風水林沒有人家，也不大騷擾屋子的人，但是最可惡是鳥兒和烏鴉每天都在窗子上拉屎，她不去清潔卻指使我去做，是她喜歡餵食雀鳥她自己負責，為什麼要我替她擦屁股，我不理睬她，她激動地指罵我是黑五類，是專門剝削農民的地主惡霸後代，反革命、反無產階級的牛鬼蛇神，要徹底鬥爭清算，我不想跟她同房啊。」

「你忍耐一下，我想想有沒有辦法。適應學校的生活嗎？」

「學校在社區，一切都很新鮮，令人眼花繚亂，市民的衣著五顏六色，式樣繁多，不像大陸祇有藍綠灰的解放裝，商店有很多新奇的東西，街市的瓜菜鮮肉不用糧票，要用錢買，上學很有趣，課程很吸引，不用唱紅歌喊口號升國旗，不用整天學習毛澤東思想令人頭昏腦脹，村裡有小朋友跟我同班，有他照顧同學對我也很友善，喜歡說什麼就說什麼，不會被人舉報寫悔過書不停檢討，呼吸的空氣也很自由，這裡有言論自由啊。」

「言論自由是有界線，若然該言論會做成即時及清晰的危害，那種言論就不是言論自由，例如有人在電影院高叫有火警，引起騷亂，人們亂作一團，爭相走避，引致死傷，那麼『高叫有火警』就不是言論自由。」

「紅兵經常叫罵我是反賊反動份子就不是言論自由啦，她已經對我做成即時傷害，誣陷我迫害我。」繼紅氣憤說。

「大家都受苦受難了，我們要感恩幸運地來到綠州。」

「你跟紅兵怎樣？她好像仍然很喜歡你，但她也喜歡衛東呢，我看到他們經常膩在一起，出雙入對。」

「小孩子專心念書，不用費時理會大人的事情。」

「你說什麼我也聽你的，你是我的救命恩人。」

「不要說得如此沉重，我們是曾經歷盡艱辛，共度患難的好朋友。」

過二天，向陽說服巧瑩接受與繼紅同房。

時日消逝，二人清晨相約泛舟霧裊溪，向陽牽緊筱華的手踏進小船，他背溪划船溯流而上，霧裊溪口的風景平平無奇，愈前愈妙，漸入佳境，懸崖對峙聳立，忽來崖壁擋路，柳暗花明，溪流急轉彎，別有洞天，崖壁裝飾色彩炫目的楓樹，美不勝收，筱華撒灑麵包碎入溪中，游魚追食，撥起溪水，筱華驚呼，向陽笑瞇瞇，細賞薄施脂粉，白裡透紅的嬌靨，划到一片開闊水體，溪面昇起輕煙薄霧，右邊是深不見底的綠油油水潭，頭頂懸崖遮天，左邊小河灣，二山旁邊掩蔽一條草木拂路的羊腸小徑，向陽嘖嘖稱奇指著它說：

「看，二座高崖中間竟裂開一條小徑。」

「那條小徑有二條岔路，一條通往村子後面，一條登上霧裊山，小時候我和同伴走路到來游泳野餐，路程有點遠，夏天蚊子撲面纏繞，還有蛇呢，現今小孩子很少知道這條捷徑。」

「這潭水濃綠，像無底深淵。」

「傳說以前有村民曾經潛入水潭，四周暗黑，朦朧地看到一條長條生物圍繞他游動，他被嚇唬住，趕快逃命，之後傳出潭水住了一條龍，自此叫做龍潭。」

「霧裊村美得像詩中有畫，畫中有詩，像中國詩。」向陽讚嘆。

「中國詩簡詞約言，雅潔委婉，沉澱凝煉，但缺乏豪放氣魄，除了少數詩人如李白蘇軾，長於以簡單筆法描繪情景，氣韻生動，神雋明達，例如李商隱的《夜雨寄北》『君問歸期未有期，巴山夜雨漲秋池。何當共剪西窗燭，卻話巴山夜雨時。』」筱華娓娓道來。

「《夜雨寄北》高明地駕馭二十八個字轉移時空，表達離別的悲涼，思念的深刻，重逢的滄桑，這是中國詩簡約精準的特色，騷人墨客向來珍惜筆墨，王維說『寒梅著花未。』歐陽修說『無計留春住。』王維說『行到水窮處，坐看雲起時』，巧妙地將情景由逆轉順，關鍵在於『坐』。」

「那麼杜牧的『停車坐愛楓林晚。』的『坐』字，看了又看也很執拗呢。」筱華挑剔笑問。

「杜牧的『坐』字要解作『因為』，若解釋為坐著，句子斷成兩截很唐突，不太順暢。」

「詩人這樣用『坐』字也太撒野了。」筱華皺一皺鼻。

「其實許多字都被文人墨客寵壞了，經常依然故我，隨便撒野賴皮，如『春風又綠江南岸。』的『綠』、『紅杏枝頭春意鬧。』的『鬧』、『雲破月來花弄影。』的『弄』、『獨自怎生得黑。』的『黑』，相比起來，杜牧的『坐』字來得安份規矩，教養守禮得多。」

「你能言善辯，請用你的理論形容霧裊溪的景色。」筱華挑戰他說，向陽想了一會，其渾厚的嗓音說出：

「擁溪綠霧覓桃源。」

「你這一句明顯抄襲韓愈的『雪擁藍關馬不前。』不算數，你再說一句。」筱華溫言撒嬌，向陽看獃了，筱華催他，他環顧崖壁，沉思細想一下說：

「倚天紅葉生曉嵐。」

「你這一句正好描繪此刻的光景，跟之前一句對得也頗工整，若將這一句做上聯，另一句為下聯，意思更完整。」

「正如你跟我是才子佳人一樣。」向陽凝視她說。

「誰跟你才子佳人？」筱華紅著臉低頭，向陽從小錦盒掏出戒指遞給她：

「請你先收下這二枚戒指，你不用忙著回覆我，當你充分考慮後才決定，若你接受我，請將刻著"I love you"的戒指交給我，要是你不接受我，請將二枚戒指歸還給我，以後我會待你為摯友。」

「像林徽因和金岳霖。」筱華皺眉，輕聲喃喃自語。

「你說什麼？」向陽挑眉問。

「沒什麼。」筱華落落大方收過後，細看另一枚戒指刻著"I know"。

放學後巧瑩與繼紅閒晃，與其說她們是好朋友，不如說她們的關係像小姐和丫鬟，繼紅曲意逢迎，巧瑩欣然接受，二人經過竹林，巧瑩不滿對她說：

「上星期風水林又發現死掉的鳥兒。」

「是否村裡的頑童用彈弓射死或石頭擲死？」

「是吧，不過有一隻是絞死的。」

「那些小壞蛋也太離譜啦。」繼紅心不在焉答話。

「咦，衛東和紅兵正走向情人谷，我們跟著他們看看到底有沒有戲。」巧瑩胡鬧地跟著，繼紅不吭半聲跟在巧瑩後面。

衛東二人來到情人瀑布，背靠一塊高大的石頭坐下觀瀑，巧瑩與繼紅經躲到後面偷聽，二條瀑布並排注入水潭，二者之間有一小水流相連如牽手，衛東伸手想要握著紅兵的手，紅兵避開他說：

「有許多人耶。」

「怕什麼我們又不在公社，沒有人能管制我們。你不是由於村書記曾經想強暴你，產生陰影變得害怕男人？」

「哼，那個背叛毛主席教導的死色鬼。」

「他一向對你色迷迷，我們偷偷告發他，他在批評大會沒有被鬥垮，反而派到村子做幹部，他的後台很大，我們招惹不起。那麼是否向陽仍然死心不息，對你滋擾？你不是已經跟他說清楚嗎？你根本不愛他，看待他如普通朋友。」

「才不是，那祇是小事。」

「他對你毛手毛腳？你仍喜歡他？」

「怎麼會？他曾經背叛出賣我。」紅兵咬牙切齒回答，衛東追問：

「那麼是什麼？你告訴我吧，讓我替你分憂，你知道我對你著迷。」衛東伸手牽她，她不再拒絕說：

「人家心煩意亂，想起家人的情況不知怎樣啊?他們會不會因我們偷渡受到牽連，又想到前路茫茫，不知怎辦才發惱，你不要胡思亂想喲，你知道我的心嘛。」

紅兵奶聲奶氣對他拋媚眼，衛東順勢摟她入懷怨恨說：

「我們的戶口已經由城市轉到農村，被釘死做農民，又碰上書村記這個死對頭被迫上絕路，我們朝不保夕才冒險偷渡，尋找新天地。」

「你了解情勢就最好啦，你要跟向陽表面上保持友好，我們依靠他的關係才能寄居這裡，以後可能還要利用他呢。」

「那麼我們今晚就約他喝酒聊天，聯絡感情。」

「最近有沒有跟他去寫生？」

「我們約好明天清晨上霧裊山描畫晨霧和遠山風景，你來不來？」

「讓我想想，你們約了幾點？」

「大概六點出發。」

「我們走吧。」紅兵站起來說，衛東仍然依戀地纏著她磨蹭。巧瑩連忙拉走繼紅，憤憤不平說：

「原來他們陷入三角戀，紅兵不喜歡向陽，他偏要糾纏不休，他為何還要追求堂姐？」

「向陽哥哥並沒有背叛出賣她啊。」繼紅漫不經心，自言自語。

晚上三人喝飲聊天，氣氛熱烈，紅兵刻意奉承勸酒，向陽喝多了，第二天遲了起牀，衛東已經離去，他收拾東西起程，上到霧裊山卻不見衛東，霧裊溪氤氳彌漫，煙霧縈繞，遠山含笑，層次分明，美景當前，他忘我地描繪，日上三竿，才感到肚餓下山，發覺溪口聚集了人群，還有警察，他回家隨便找點東西填飽肚子，整理畫稿，不知過了多久，幾聲敲門打斷他的心無旁騖，向陽打開房門驚訝是警察問：

「請問有什麼事情？」

「你今早是否約了衛東上霧裊山寫生？」

「是啊，但是我喝醉遲了起牀，上到山頭看不到衛東，他發生什麼事情？」

「他在龍潭溺斃，村民去釣魚時發現的。」

「他何時死亡？」

「這是警方的事情。」

「一定是紅兵告訴我們的行程。」

「你和紅兵是最後看到衛東。」

「昨晚我們一起喝酒。」

「我們在霧裊山的懸崖找到衛東的畫筆。」

「你們推論衛東意外失足掉落下面的龍潭。」
員警目光炯炯看著他，表情嚴肅。
「你們懷疑我？」
「你有權予以任何推測。」
「他是我出生入死的好朋友，我為什麼要殺他？」
「你不要激動，我們現在是初步調查，沒有懷疑任何人。」
向陽閉口不言，沉著應對。
「我們會繼續調查，你暫時不要離開U市。」
警察離去，向陽立即跑到村子找到相關的村民詢問：
「你們何時發現衛東？」
「我們大約早上十時去到龍潭，看見水裡有人，潛水拉他上船，發覺衛東已經溺斃。」
「那麼衛東的死亡時間是六時至十時。」
「是吧。」
「當時附近有沒有小艇？」
「沒有啊，水面祇浮著畫板、畫筆，村子所有共用的小艇也停泊在溪口，但有一隻解開纜繩的小艇浮盪在小石壩，可能是瀑布激流衝開繩結。」

「謝謝你。」

向陽無從下手，坐在樹下凝望流水沉思，忽然聽到女孩子嘰嘰喳喳的吵雜聲。

「剛才陳福祥真壞，小息時在後面拉扯我的辮子，痛得我快要哭了。」

「我也被他們作弄啊，真可惡。」

「要是他們敢惹火我，我必定一腳踹飛他們。」

「那些男生很彆扭，我們不要理會他們。」

「我姊姊說小男生為了吸引女生，但是害羞或害怕被人嘲笑不敢說出口，會故意捉弄對方，表示對她有好感。」

「我才不喜歡他們，幼稚又淘氣。」

「等會我們到你家玩時裝公仔。」

「不要啦，紅兵整天留在家裡生悶氣，可能突然花痴大唱革命歌。」

「她經常這麼樣嗎？」

「是啊，她每天早上都發花癲，不過，我今早上學時卻聽不到，不知跟誰慪氣？」

「可能太賣力，嗓子唱啞了。」

「那麼到你家吧。」

「據說對著鏡子削蘋果，若一刀完整削完，沒有切斷，就會在鏡中看見未來老公的樣子，等會要不要試一試？」
「好哇，很刺激啊。」
「我知道你想看到的未來老公是誰？」
「是誰？」
「陳福祥。」
「是呀，他喜歡你，你也喜歡他。」
「才不，你們使壞，是你們喜歡他才講反話。」
女孩互相取笑打鬧，追追逐逐，議論紛紛走了，向陽若有所思。
第二天下午巧瑩放學後到風水林觀鳥，隆冬是候鳥從西伯利亞飛往南半球過冬，途經U市覓食補充能量，她找到罕見的山斑鳩、紅喉歌鴝、和紅尾伯勞等，她欣賞入神之際，突然從竹林傳咆哮聲，她好奇上前查看，風吹竹響，隱約聽到女生激動驚悸說：
「是你害死他，你是兇手，……，你不要過來，你想怎樣？」
巧瑩跑上前，突然紅兵從竹林裡飛奔出來，襯衣胸口撕開了一大片，露出內衣，看見巧瑩慌張對她說：
「向陽想強暴我。」
巧瑩驚呆愣住，看著紅兵跑回家，也趕忙向筱華通風報訊。

過了幾天，村子傳出風言風語，向陽在竹林企圖強暴紅兵，視她為禁臠，還殺死情敵衛東。

筱華聽了巧瑩的說詞，這幾天的駭人聽聞令她十分困惑苦惱，媽媽不斷囉囉唆唆叨念她要帶眼識人，結婚是一輩子的事情，離婚女人不值錢，不要一失足成千古恨，她索性聽而不聞，但心神不定，坐立不安，心猿意馬是否要見他，向陽沒有辦法，祇好叫繼紅捎個信給她，筱華捏住字條，不發一言，心事重重，繼紅怯懦問：

「筱華姐，向陽哥說些什麼？」

「他說不要祇聽一面之詞，要是你要審判我，也要聽我的辯詞才公平，我的……。」筱華兀然而止，收起字條。

「你會不會去見他？好讓我回話。」繼紅試探問。

「不用回話，他的字條寫了時間地點。」筱華想了一下問：

「當日你在情人瀑布也聽到紅兵和衛東的說話？向陽喜歡紅兵？」

「我才不相信她的鬼話。紅兵是紅衛兵首領，為人當面一套背後一套，善於拉攏男生，甘心為她賣命，她見風使舵，對自己人也笑裡藏刀，倏然變臉，是牆頭草。」繼紅撇嘴說。

「那麼衛東呢？」

「他是個自私、反面無情的壞蛋，為了自己活命，在文化大革命出賣了朋友、親戚，逼迫老師跳樓自殺，親自押解父母到廣場批鬥，無情地羞辱痛罵他們，他有份批鬥殺害我全家。」繼紅臉色平靜，像說別人的事情。

「向陽呢？」

「他什麼也沒有做，任由紅衛兵唾罵他不積極不作為，也不抗辯。」

「向陽教你講這些說話嗎？」

「這些都是事實。」繼紅黯然，接著說：

「是他揹著我偷渡到來。」

「在那種情況他沒做什麼已經很好，沒有落井下石，潔身自愛。」

筱華依約到定情谷赴會，向陽已經拿著畫板等候，他看到筱華溫柔說：

「你來了。」

「你喜歡紅兵？」筱華刻意打量他問。

「嘴巴長在她那裡，她要說什麼，我控制不了。」

「你不抗辯的態度，就是默認事實。」筱華不可理喻地嘲諷。

「你的邏輯有問題，不作聲不等於承認。」

「我不跟你胡扯，你就是喜歡紅兵，你跟紅兵打情罵俏，眉來眼去，利用我刺激她，我才不蹚這渾水。」

筱華怒目相向，向陽皺眉抿嘴，筱華看到更惱恨掉頭就走，向陽沉穩說：

「我的心祇有你一個，沒有她。」

「你為什麼約她到竹林見面？」她轉身生氣問。

「我約她到竹林是查詢衛東的事情，竹林是公眾地方。」

「她跟衛東之死有什麼關係？他倆是情侶，況且他是男人力氣比她大，怎可能傷害他？你要是懷疑她，可以避嫌相約我一起詢問她，你單獨見她，還想強暴她，無私顯見私，你倆確實有私情。」筱華蠻不講理一口氣說。

「她是我朋友，未有確實證據，不想懷疑她，才會單獨約見她，我不知道為什麼會傳出我想強暴她的謠言？」

「巧瑩聽到有人咆哮，紅兵驚叫警告你不要走近，想做什麼，接著她從竹林走出來，她的襯衫已經撕開了一片。」

「我正在詢問紅兵當日的行蹤，她突然失控咆哮，歇斯底里地高叫我想做什麼，我莫名其妙，她就跑走了，走的時候衣履整齊，沒有破爛。」

「朋友？廢話，你當她是女朋友才是，你的心始終有她，才會對她用強，還說祇有我一個。」

筱華愈說愈氣轉身要走，向陽迫切地上前拉著她的手，她使勁甩開他，撞飛他的畫板，一張畫作飄然落地，發現畫了一個女子背著站，長裙飄飄，半露臉蛋回眸，捕捉了她情意複雜的表情，她不可思議問：

「你畫了我。」

向陽點頭，她直白羞赧說：

「還放在畫板裡，每天帶著？」

「是的，那樣我就能每天看到你，以解相思之苦。」向陽神色安詳微笑。

「我才不相信你的花言巧語。」她嬌羞回話。

「我的心衹有你一個。」

「我不相信，你發誓吧。」

「我，向陽，這一生衹會娶筱華為妻，若娶不到筱華，終生不娶，像金岳霖愛戀林徽因。」

「你無賴，偷聽了我在霧裊溪的說話。」

「是啊，我是無賴，但是你喜歡無賴。」向陽乘機拉她入懷。

「你想得美。」筱羞他撒嬌。

向陽笑而不語突然吻她，她有點抗拒，隨後陶然回吻，享受剎那軟糯銷魂。

「你是大丈夫，一言九鼎，不可欺負弱質女子，要守抱柱[1]信。」筱華輕聲說。

「我不會做負心人，一定信守我對你許下的承諾。」

---

1 抱柱，出自《莊子・盜跖》，尾生與女子期於橋下，女子不來，水至不去，抱柱而死。

筱華凝望情人瀑布，憧憬未來美好的歲月。

晃過一個禮拜，閒言閒語漸漸偃旗息鼓，這天向陽到社區領取身份證，半路被警員截查，下午踏進院子看見警方拉起封鎖塑帶，警員把守，鑑識人員辛勤工作，警員得知他的身份帶他到地下書房，一名警官威嚴發問：

「你今天去了那裡？」

「我到社區領取身分證。」

「什麼時間離開？」

「我早上七時離去，路上碰到村民，剛回來。」

「你在這段時間去了那裡？」

「為什麼要問？」

「請合作。」

「我在半路被警員攔下帶我回警局，偵訊我是否大陸解放軍可疑份子？他們扣留了我半天，直至跟移民局確認我是難民才放我離去。究竟發生什麼事情？你們好像偵辦謀殺案。」

「確實發生了命案，死者是一名女子叫紅兵，你是最大嫌疑人，也有動機殺人，但是祇要確定你的證詞，你就擁有完美的不在場證據，排除在外。」

「為什麼我是最大嫌疑人？」

「我們在兇案現場找到一張你寫給紅兵的字條，稱你在今天早上十一時約見紅兵。」

「是的。」

「為什麼？」

「我想問她在衛東死亡那天的行蹤，我懷疑她跟衛東之死有關，不過現在已經沒意義。她是怎樣死的？」

「這不關你的事情。」

「我們攀山涉水，歷盡艱辛才到了這裡，我是她唯一的朋友，我本來是嫌疑人，不過證明清白，請告訴我吧，要不然我會因不能保護朋友，抱憾終生。」

「她死在房間裡，窗子關緊，祇有上面的小氣窗打開，房門關上，鎖了栓子，屋主下午發覺死者仍然鎖上門，敲門也沒有人應門，心感不妙，找人破門而入，發覺死者躺在地上，祇穿著胸罩和內褲，死狀淒慘，臉蛋、全身布滿利刀剜開的深淺傷痕，眼睛被插傷，頭部受重擊而死。」

「她什麼時候死去？」

「她在今天早上七時到九時被殺害。」

「兇案現場窗子關緊，房門在裡面鎖上栓子，兇手怎樣逃去？紅兵祇穿上胸罩內褲，她認識了另外一個男人？這是一宗密室情殺案？」

「你不用做福爾摩斯。」

「福爾摩斯？」

警員進來報告各部門已經工作完畢，也收集了物證，包括衣物、寢具、書本等，警方收隊離去。

向陽走到紅兵的房間，裡面狼藉雜亂，破損的傢具東歪西倒，羽毛和花生，地上、牆壁、傢具和窗子染上血跡，房間曾經發生一場激烈的打鬥，向陽找了繼紅問：

「紅兵死了，你知道嗎？」

「知道，我不喜歡她，但也不想她死，就算她在大陸迫死許多人，但是村子已經流言四起說你因愛成恨殺死她。」繼紅憂慮說。

「警方已經證明我是清白。」向陽苦笑。

「你根本不喜歡紅兵，還對她不錯，很寬容啦，怎會為了愛恨情仇殺死她？」

「我對她是君子之交，警方有沒有找你查問？」

「沒有啊，我又不在場上學去，什麼也不知道。」

「那麼你上學時有沒有發覺什麼奇怪的地方？」

「沒有啊，我跟平時一樣七點半鐘出門，還聽到紅兵在唱樣板戲。」

「那沒什麼啊。」

「不過她的歌聲有點荒腔走板，有時像尖叫，又像受到她迫害的人發出的哀叫聲。」

「持續了有多久？」

「我沒留意。不過我聽到警員談論紅兵死在密室裡，他們也拿走了紅兵的日記，我曾經偷看過幾頁，全都是胡說八道，本性難移。」繼紅忿忿不平說。

「是啊，她執迷不悟。」向陽感嘆。

驗屍報告確認紅兵的死因是腦袋受到重擊致死，她並非完璧。警方反覆研究案情，找不到目標嫌疑犯，祇能將案子擱下，把不相關的證據如完整的衣物、寢具和書籍日記等交還給屋主，屋主翻看了幾頁日記，大吃一驚，急忙跑到隔壁跟筱華的父母商量，當天筱華下班回來，她媽媽稱親戚生病，叫她作伴探病，到了親戚家裡，她將紅兵的日記交給她，拋下一句：

「我們絕對不會允許你跟向陽結婚，你看完日記就會明白。」

筱華疑惑地翻開紅兵的日記。

『X月X日

清華附中100多名學生籌組紅衛兵。

X月X日

向陽帶領大學同學組織紅衛兵隊伍，自任隊長，勸說我和衛東加入，要求我改名做紅兵。

向陽配戴起紅衛兵袖章，趾高氣揚，帶領我們到處張貼大字報，堅決對毛主席效忠。

X月X日

《人民日報》發表社論《橫掃一切牛鬼蛇神》，破除毒害剝削人民的舊思想、舊文化、舊風俗、舊習慣，規定「破四舊，立四新。」

X月X日

向陽作為紅衛兵首領，領導我們砸毀廟宇的碑刻，挖掘古墓，燒掉古書，字畫，古瓷器，向陽被選為模範革命先進份子。

X月X日

毛主席在天安門城樓接見紅衛兵首領宋彬彬，毛主席親自給她戴上紅衛兵袖章，讚揚她清算反動份子副校長卞仲耘，帶頭將他活生生打死，經毛主席提點，她改名宋耀武，叫人妒忌，我也希望有她的成就，毛主席又公開支持學生造反，要鬥倒右派知識份子、走資派的共產黨政要官員。我們成為造反先鋒，喊著革命無罪，造反有理，堅決對反革命、反動分子毫不留手清算毆鬥。

X月X日

向陽親自押送父母、師長到公開場所，任由廣大的無產階級群眾嚴厲批鬥，他摧殘社會的倫理道德傳統，為人殘忍，令我不寒而慄，刻意避開他。

X月X日
中央發出通知，號召學生到外地進行革命串聯，向陽威迫我和衛東響應上山下鄉，我們為了生存答應，搭乘火車到鄉下時，衛東向我示愛，他的人很好，我接受了他，我們真心相愛，並計劃偷渡。

X月X日
向陽帶領批鬥屠殺地主、富農、反革命、壞分子、右派的黑五類分子，他狠毒凶暴無人性，毛骨悚然。

X月X日
當日覬覦我姿色的領導被批鬥，卻被派遣到鄉下做書記，一次書記非禮我被向陽破壞，向陽帶我回公社途中，拉我入樹林強暴，我痛不欲生，恨他乘人之危，是反動派的牛鬼蛇神。

X月X日
我們得罪書記，他對我們報復，我們的情勢非常危險。

X月X日
我們決定偷渡，向陽堅決帶著繼紅，我害怕向陽對繼紅下手，一路保護她，又要防避向陽，心身疲累。

我們偷渡成功，到了霧梟村，寄居向陽的親戚家裡。』

X月X日

筱華合上日記，心情平靜，處之泰然，想要打開房門，發覺已經鎖上，她高聲叫道：

「媽，開門呀。」

「你看過日記沒有？」

「看過了，我認為是紅兵杜撰，我絕對相信向陽。」

「事情擺在眼前，有人證物證，巧瑩親眼看到向陽撕爛紅兵的襯衫，企圖強暴她，紅兵也以死控訴向陽，她的日記寫得明確向陽殘暴不仁，連父母老師也不放過，曾經強暴她，證據是驗屍報告證實紅兵不是處女，種種事實，在在證明向陽是個渾蛋流氓，是隻披著羊皮的狼。」

「紅兵是個狡詐的紅衛兵，她的說話不可盡信，你也要聽取向陽的辯辭才公平。」

「不用了，人死為大，紅兵的死亡還不是證實了嗎？還有情敵衛東也可能被向陽所殺。」

「警方已經證明向陽在二起命案是清白的。」

「這是向陽可怕之處，殺人不見血，我絕對不會將你送羊入虎口。」

「不是的，不是的，你放我出來，讓我和向陽跟你解釋清楚明白。」

「不，我會將你許配給別人的消息告訴向陽，叫他死心。」

「媽，你不可以拆散我們，強迫我們分離。」

「筱華，不是我狠心，我都是為你好。」

「他是我心靈契合的伴侶。」

「你當局者迷，鬼迷心竅。」

「媽，我求你放我出來，我要見向陽。」

「我決定將你嫁給ＸＸ，父母之命。」

「你不要這樣對我。」

「我不想看著你墮落。」

這幾天向陽也找不到筱華，問繼紅也不知道，其他人三緘其口，他心急如焚，他嬸嬸找他傾談：

「你不要再找筱華了，她全家已搬走，暫居親戚家裡，已經把她許配給人。」

「為什麼？我和筱華兩情相悅，已經私定終身。」

「你在大陸幹的壞事我們已經知道了。」

「你說什麼？我沒有做過什麼事情。」

「紅兵的日記紀錄了你的所作所為，觸目驚心。」

「她說謊，誣陷我。」

「為什麼她要誣陷你？她為什麼要破壞自己的清白誣陷你？」
「她心如蛇蠍，工於心計。」
「要尊重死者。」
「我也不想講她的壞話，祇是你不了解她。」向陽情緒激動。
「她的死你有嫌疑。」
「我並沒有殺害她，你可以跟警方求證。」
「那麼唯一解釋她是自殺，她以死明志，對你控訴。」
「筱華的父母也這樣想嗎？」
「是的，他們認為紅兵是清白無辜。」
「我無話可說。嬸嬸，難道你不知道我的為人嗎？」向陽痛苦說。
「我也知道你是個好人，但是我相信你有什麼用？筱華父母眼見真憑實據，況且紅兵被殺害，他們恐怕筱華會遭遇同一下場，決意保護她也無可厚非。」
「嬸嬸，我懇求你告訴我筱華在那裡？」
「我真的不知道，你死心吧，她父母隔絕你們見面，筱華不會再回來，她出嫁後立刻跟夫婿移民外國。」
向陽每天隔著矮牆看望筱華的房間，茶飯不思，惝恍惘然，他始終等候筱華，直至收到通知能夠以難民身份移民不得不離去，臨別霧㠭村那天，淒風苦雨，繼紅送他到村口，向陽交給她一封信說：

「要是你有機會見到筱華，將信件交給她。」

「向陽哥，你會回來嗎？」

「我不想觸景傷情，大概此生也不會再回來了。」

「那麼等你在外面安定後，記緊接我過去。」

「我會的，我已經關照嬸嬸照顧你，你要愛護自己，好好生活，再會了。」

向陽愛憐地撫摸她的腦袋，轉身走了，繼紅淚眼婆娑揮手送別。

§

「之後的事情怎樣？」文佐翰問。

「我堅拒父母安排的婚事，半年後我搬回霧㠭村，你已經移民走了，你不斷寄信給我和繼紅，但是所有信件也給攔截了，我們無從與你聯絡。」

「我那一封信說些什麼？」

「你援引徐志摩的名句，是他邂逅林徽因後寫的『一生至少該有一次，為了某人而忘了自己，不求結果，不求同行，不求曾經擁有，甚至不求你愛我，祇求在我最美的年華裡，遇到你。』」

「我前生是個多情種子？你怎會香消玉碎？」

「我收不到你的消息，心情低落，憂傷成疾，萬念俱灰，臨死前，燒掉你和我的照片信件等物品，窗外的松樹也成了殃及池魚。」

「茜紗窗下，我本無緣，黃土壟中，卿何薄命[1]。」

「我等了你快要一個甲子，你胡不歸[2]來唉？為什麼你不信守承諾？」她哀傷說。

「我不知道你回到霧裊村，傷心絕望而死。」

「你為何結婚生子？」

「我前生結婚生子？我什麼也記不起。」

文翰感到脖子被一股寒氣掐住，愈掐愈緊，他深情凝望她，面不改色平靜說：

「掐緊些，讓我們早點永遠擁抱在一起。」

「我怎捨得你啊。」她幽怨地看著他，長嘆一聲，鬆開手說，她的影像逐漸淡出，祇留下縷縷幽香。

---

1 出自《紅樓夢》第七十九回，賈寶玉對晴雯的悼亡詩。

2 出自先秦佚名的《式微》，意思是為什麼還不回家？

「筱華，筱華，你在那裡，回來吧，回到我身邊吧。」

文佐翰失神狂叫，到處搜尋，他倦極而睡，第二天被手機的訊息鈴聲吵醒，他不情不願查看簡訊，當中包括來自公司、朋友及孟朗等，他莫名地點開公司的訊息，急召他回公司匯報工作進程，他才醒覺已經很久沒有報告給公司，祇好胡亂沐浴更衣梳洗，急忙駕車回公司，抵達公司遭到反問他為何回來，既然他已經到來，於是開會商議工程未來方針細節，忙得天昏地暗。

他推卻同事相邀晚餐，匆忙返回空蕩蕩的家園，月光幽白如夜晴，萬物無語風露重，秋蟲低鳴淒涼聲，幾杯濁酒立中宵，風搖柳絲疑人影，望眼欲穿空惆悵，雞鳴報曉天下白，文低吟：

「我有迷魂招不得[1]。」

祥嬸推開院子的鐵門進來，對他輕責：

「我昨天傳給你簡訊說屋主會到訪，為什麼你不回覆？反而不聲不響溜走了，屋主特地來看你，害得我不知如何交代。」

「沒有啊，我沒有收到你的簡訊。」他連忙打開手機查看，果然看到祥嬸的簡訊，卻找不到公司的，祥嬸見他形容枯槁憔悴，精神萎靡不振，體貼問：

「你吃了早餐沒有？」

---

1 出自唐代詩人李賀的《致酒行》，意指執迷不悟。

「沒有，昨天也沒吃晚飯，祇喝了點酒。」

「還說少許，整瓶紅酒都給你喝光了，你快點洗面換衫，我給你煮早餐。」

文佐翰依言上樓，發覺鎖上的房間打開了，裡面那幅《美人回眸圖》不見了，急忙跑下樓，客廳的《霧裊溪圖》也消失，問祥嬸：

「房間和客廳那二幅國畫不見了。」

「是呀，屋主拎走了。」祥嬸若無其事回答。

「為什麼他取去二幅畫？」

「屋裡的東西都是他的，他有權拿走嘛，還有你說過那個女裝短皮夾他也拿走了。」

「他在那裡找到短皮夾？裡面的東西呢？」

「不知道他在那裡找到，說也奇怪，皮夾裡面什麼也沒有，祇有一枚破爛戒指。」

「屋主為什麼會到來？」

「屋子是他的，他喜歡何時回來就回來，需要理由嗎？我說過他曾經在霧裊村居住，喜歡村子山明水秀，水木清華，特色老房子及鄉村淳樸的氛圍，隔洋買下屋子重新裝修，回復昔日光景，不過話說回來，他也有許多年沒回來了，感嘆霧裊村變化不少，除了屋子和裡面的傢具裝潢。」

「他逗留了多久？」

「他在屋子留了大半天，撫物傷懷，尤其是在院子徘徊不前，喃喃自語，還念詩呢，什麼紅酥手，黃滕酒，滿城春色宮牆柳，感慨萬分，追悔不已，我們也不敢打擾他，讓他盡量思念，下午跟兒子到霧裊溪泛舟，定情谷賞瀑，霧裊山觀日落，他不勝欷歔，景物依舊，物是人非，我笑他人老了，以前的事物記得倒也清楚，還有什麼事情放不低？他在屋子吃過晚飯，等不到你回來便離去。」

「他在霧裊村經歷了什麼事情？」

「我不記得了，你去問他吧。好了，早餐已經弄好了，我要回去看孫子顧店。」

他吃過早餐，全神貫注工作，一心一意等候晚間到來，暮色四合，夜色沉沉，獨抱岑寂，月上中天，他已經喝了不少酒，目酣神醉，醉眼矇矓，忽聞清新香氣，筱華翩然而至，愛憐地看著他，文咕哩說：

「我好想你。」

他踉踉蹌蹌走向她，用力摟抱她狂吻，不停呢喃我愛你，共赴巫山翻雲雨。

日出東山，陽光普照，文佐翰酒醒頭痛，蓋著被子，伊人杳然，是否春夢了無痕？好像餘香猶在，院子有人高喊：

「表表哥，你在家嗎？有沒有收到我的簡訊？我們來探望你。」

文佐翰抬頭看，即刻站起身，激動不已跑出院子，前面女子是孟朗，後面女子蓮步姍姍，容色清麗，秋水盈盈，流盼生情，身穿白底灰色花朵長裙，黑色披肩短外套，含蓄奢華的冷色，氣質深沉，神情羞怯忐忑，文佐翰步履輕快經過孟朗走向前，孟朗大聲說：

「這是紀小姐，Bea⋯⋯。」她目瞪口呆，跟著誇張說：

「你們不要在光天化日下，做出傷風敗俗的事情。」

文佐翰緊緊摟抱女子深吻，磁性的聲音嘀咕：

「Beatrice，你終於回來了，我是你的Dante，你跟夢裡一模一樣，我愛你。」

「我知道，我一早就知道。」Beatrice低語。

文佐翰和Beatrice十指緊扣走入屋子，冷酷地將孟朗扔在後頭，二人喁喁細語，情意綿綿，孟朗閒極無聊在屋子四處遊走，找到文佐翰之前做夢後畫出的畫像，她拎著畫像驚奇質問：

「這是Beatrice，原來你倆已經秘密交往，還裝腔作勢要我隆重介紹相識。」二人也不搭話，相視而笑。

一星期後，二人宣布結婚，婚後移居外國文佐翰的老家，屋子再也沒有傳出有鬼的傳言。

3.

「這就是我的玄幻故事，太迷離恍惚啦。」孟朗大惑不解說。

「謎面包括二代人的故事，內容亦幻亦真，情節盤根錯節，有四個謎團，其實應該說是三個，是二起謀殺案，另外二個是你的表表哥如何與Beartice暗通款曲？筱華為何甘願安然離去？這二個謎團交織在一起，拼湊為一個。」

「是嗎，那麼你解謎吧？」孟朗挑戰她。

「你的玄幻故事跟我之前解說的『設定系』推理小說相似，《心靈偵探城塚翡翠》扔出一個超越常識的設定『靈媒能力』，你的謎面也具備了一個設定，筱華在特定範圍能夠施展五通的超能力，包括『有他心』。」

「不要囉囉嗦嗦，快點跑入正題。」孟朗心急抱怨。

「我已經推測到二起謀殺案的兇手，可是對兇手的動機仍茫無頭緒，但牽涉兇手的心理狀況，人心叵測，很難猜度，要多點線索。」

「二起命案是否同一個兇手？」

「一起案件是一個兇手，另一起是二個或以上兇手。」

「這麼離奇，向陽已經排除是兇手，謎面並沒有其他可疑人物，那麼誰是兇手？」

「明天我們去查詢唯一的證人。」

「還有誰？巧瑩婆婆已經移民。」

「不，是祥嬸。」

「祥嬸？」

「祥嬸是繼紅。」

「繼紅不是跟向陽表叔公移民到外國嗎？她可能嫁給向陽生了三個兒子，況且過了快要六十年啦，表叔公已經死了吧，否則為什麼筱華會質問表表哥，為何出爾反爾，前世結婚生子？可惜表表哥什麼也記不起。」

「繼紅沒有跟向陽移民，她嫁給同學陳福祥。」如嫣莫測高深笑說。

「怎麼可能？」

「是你聽來的故事你沒有留意嗎？到處都是線索。夜已深，快點沐浴更衣上牀睡覺吧。」

第二天黃昏二人駕車到達霧裊村，她們先到風水林觀看，夕陽餘暉，百鳥歸巢，吱吱喳喳，忽然加入幾聲啞啞呱呱怪叫，再到附近的竹林走動，茂密修竹，不少折斷枯竹尖刺，再去屋子找祥嬸，孟朗一見面立即請安問候：

「繼紅阿姨，您好。」

「你怎麼知道我以前的名字？現今的村民並不知道，我改了名字，我才不想跟共產黨牽扯上關係。」祥嬸一臉不齒。

「天機不可洩露，嬸祥，這是我的朋友步如嫣。」

二人寒暄後，如嫣問：

「紅兵臉上有一條細長的疤痕，是怎樣得來的？」

「不是她保護鸚鵡，跟革命份子糾纏扭打弄傷嗎？」

「不是啦，當時文化大革命剛剛開始，迫害整人的運動如火如荼，紅兵為了表示政治正確，狠心要殺死她養了幾年的寵物鸚鵡，鸚鵡掙扎反抗在她的臉蛋啄下去，啄開一條傷痕，血流披面很嚇人啊，她跳腳怒吼。」

「鸚鵡結果怎樣？」如嫣謹慎問。

「被紅兵冷血辣手絞殺了。」

「很殘忍啊，上天有好生之德，為什麼不將鸚鵡放生？」孟朗惋惜說。

「紅兵要對共產黨跪交投名狀表忠，絕情殺死代表小資本主義的寵物鸚鵡。」

「向陽知不知道這件事情？」

「知道。」

「那麼有沒有影響二人親密的關係？」如嫣揣測問。

「你怎知道他們關係親密？」祥嬸反問。

「向陽曾說對她是君子之交，你曾說過向陽對她不錯，很寬容，他們是患難之交，這種狀態不合理。」

「他們在大學是公開的一對，紅兵表忠怒殺鸚鵡後，向陽認清她殘忍的本性，跟她說分首，即使紅兵如何補償要挽回向陽，向陽始終以朋友之禮相待，漸漸疏遠她，沒有回頭。」

「向陽有沒有說出紅兵絞殺鸚鵡的因由？」

「怎會說這種事情？說了更火上加油嘛。」

「紅兵已經迷倒許多觀音兵啦，怎會稀罕一個向陽？」孟朗懵懂說。

「你是女人，不知道女人的想法嗎？她自負美貌又驕傲，自信能征服任何男人。」祥嬸反嘲她。

「她是女漢子男人婆。」如嫣揶揄。

「你又知道嗎？」孟朗反嗆如嫣。

「紅兵是紅衛兵首領，手握權力，前途無限，為何要偷渡？」如嫣忽視她問。

「她的權力控制慾極大，不滿足微末小團體首領的地位，她策劃謀反，糾眾要鬥倒村書記取而代之，但是風聲洩露，被書記先發制人，一不做二不休誣陷她是富農之後的黑五類，她的觀音兵立即劃清界線掉轉槍頭對她迫害，情況凶險，下場會非常悲慘，還是向陽仗義出手相助紅兵偷渡，她也迷惑了衛東同行。」

「謀反是否在她跟向陽分首之後？」

「是的。」

「向陽是紅兵的救命恩人呢。」孟朗嘆道。

「紅兵是忘恩負義的狗東西。」祥嬸輕藐說。
「我在書上看到上山下鄉的知青生活很不檢點，是否屬實？」
「鄉下的生活苦悶，白天上山開墾，下田種地，夜間學習毛澤東思想不斷自我批評檢討，前程未卜，誰能受得了整天一成不變的刻板生活，為了宣洩鬱悶，三更半夜男生經常偷偷走入女生宿舍溫存纏綿，蜚短流長，一個晚上書記突襲搜查女生宿舍，發現男男女女赤條條睡在一起。」
「有沒有找到紅兵？」孟朗好奇問。
「那是她籠絡男生手段之一。」祥嬸掀起一邊嘴角冷笑說。
「紅兵是否喜歡祇穿胸罩和內衣睡覺？」
「不是，她會穿睡衣睡覺。」
「這位姑娘曾否來過霧裊村？」如嫣秀出Beatrice的婚禮照片。
「她是紀小組，經常到村子小住。」
「謝謝你，祥嬸，我沒有其他問題了」
「你們還沒有吃晚飯吧，冰箱有文少爺留下的芝士，小吃和美酒，你們隨便享用，我要回家共聚天倫，你們走時帶上門即可鎖上。」
　　孟朗連忙跑到冰箱搜索，催著如嫣張羅，將茶几擺滿各色各樣華洋食物、生果及各式美酒，孟朗在沙發放浪地挨靠坐墊，躺臥如羅馬貴族品味美食的姿勢，拎起葡萄放入口，矯揉造作懶洋洋對如嫣說：

「靚女，快點解謎吧。」

如嫣噗嗤一笑說：

「第一起案件是衛東淹死在龍潭，狀似衛東從霧㬥山跌落水裡，向陽因喝醉酒睡得很晚才上山，他被懷疑推衛東下去，向陽從繼紅的證辭知道紅兵早上沒有如常唱歌，我推論清晨衛東與紅兵一起外出。」

「你懷疑紅兵是兇手，她推衛東落下面的龍潭？為什麼她要殺死他？」

「她的殺人動機與第二起案件有關連，我遲一點再解釋。紅兵就是第一起的兇手，但是他們並沒有走上霧㬥山。」

「要是他們沒有上山，為什麼會找到衛東的畫筆？」

「若然紅兵推衛東落山，她有風險，衛東可能拉著她一起掉落水潭，被他摟緊一起淹死，霧㬥山不太高，在村口能夠看清楚山頭，當時是清晨，村民已經活動，極有機會看見紅兵推衛東落水，故此她需要一個十拿九穩的詭計，她灌醉向陽令他失約，說服衛東到霧㬥溪泛舟，衛東自言不大熟水性，紅兵在隱蔽的龍潭推他落水，急忙划開小艇，衛東沒能找到浮木很快溺斃，她將畫具丟落水，抓住畫筆游上岸，從對岸二山之間的小徑登上霧㬥山，放下衛東的畫筆，等待向陽上山墮入陷阱，小艇會順流而下回到溪口，證據是溪口石壩有小艇的纜繩是解開，證據之二向陽在竹林對紅兵查詢當天清晨的行蹤，紅兵倏地暴跳如雷，對向陽咆哮，此地無銀三百両的表現，紅兵隱瞞行蹤。」

「你的推理有問題，巧瑩看到紅兵從竹林跑出來，她的襯衫已經被撕破，對巧瑩高叫向陽企圖強暴她，紅兵才會咆哮，期間不過十多秒，祇有向陽有時間撕破紅兵的襯衫。」

「向陽的證詞是紅兵跑走時，她的衣裳沒有破損。竹林是公眾地方，離風水林不遠，紅兵聽到有人走近，突然發難咆哮，跑出竹林時被枯竹或尖刺勾住再拉扯，她的襯衫就這樣撕破，她將計就計乘機告訴巧瑩向陽企圖強暴她。」

「這樣推理也合理，紅兵也很奇怪啊，為什麼要陷害向陽？那麼第二件命案的謎團呢？」

「我們先檢視證據，案發當日約七點半鐘繼紅上學聽到紅兵唱紅歌，歌聲荒腔走板，向陽曾經寫字條十一時約見紅兵，下午屋主嬸嬸發覺情況有異，破門發現命案。」

「時間情節都對呀，但是向陽有完美不在場證據，不是兇手。」

「我們再檢視案發現場，房間是裡面鎖上的密室，紅兵祇穿著胸罩和內褲，臉蛋和屍體滿佈刀傷，眼睛插傷，死因是腦袋受到重擊致死，房間狼藉，窗子關緊，祇有小氣窗打開，證物有羽毛、花生、日記、完整衣物。」

「是啊。」

「還有十分關鍵的證據。」

「還有什麼？莫非是祥嬸的證詞？她的證詞祇是描述紅兵的往事。」

「除了祥嬸的證詞，還有其他啊。紅兵來到霧裊村後，不久即發生雀鳥被絞殺，當中包括一隻烏鴉寶寶，是她絞殺了烏鴉寶寶。」

「你有什麼證據？」

「其一當紅兵貌似喜歡雀鳥餵食時，被一群烏鴉襲擊，要躲到巧瑩的傘子才能避過，烏鴉認得人才特定襲擊紅兵，其二是紅兵房間的窗子每天也有烏鴉拉屎，是烏鴉的報復，其三接連發生雀鳥被絞殺，那是紅兵殺死雀鳥的手法，跟她殺死鸚鵡一樣。」

「你說了那麼多紅兵和烏鴉的瓜葛，跟第二命案有什麼關係？」

如嫣不置可否微笑。

「你不是說殺死紅兵的兇手是烏鴉？」孟朗叫道。

「我可沒有說啊，但綜合各種證據和證詞串聯推理，這是一宗烏鴉誤殺案，讓我重建兇案的過程，當天紅兵起牀後，如常在外面的小窗台上灑上餅乾麵包碎吸引雀鳥啄食，她也脫下外衣祇賸下胸罩和內衣，想要再次陷害向陽，讓他不知利害自投羅網，烏鴉也照舊飛來在窗子拉屎，她惱火了，紅兵被鸚鵡啄傷了她的臉蛋，留下一條細長的疤痕破相，對一個自負美貌的驕傲女人是沉重的打擊，當時P國沒有被痛恨腐敗的整容手術，紅兵懷恨在心，心理變態，她從喜歡雀鳥變成憎惡雀鳥，殺死烏鴉寶寶，烏鴉見到她，立刻對她瘋狂襲擊。」

「不要長篇大論。」

「她將花生放在房間引誘烏鴉進來抓走，當一大群烏鴉中計飛入，她立即把窗子關上及鎖上房間，但是繼紅說過紅兵喜歡打開窗子，窗子關上是不正常，房間變造密室，仇人見面份外眼紅，紅兵和烏鴉互相憎恨，展開廝殺，紅兵寡不敵眾高呼叫喊，繼紅聽到以為紅兵荒腔走板高唱革命紅歌，烏鴉用鋒利的爪子抓傷了紅兵的臉蛋和身體，啄傷她的眼睛，在打開的小氣窗飛走，紅兵死時衹穿著胸罩和內褲，屍體的爪痕像利刀割傷，兇手不知去向，誤導案件看似是密室情殺案。」

「烏鴉能否合作攻擊紅兵嗎？」

「烏鴉的智商等於一個七歲小孩，在動物界排第五，鳥類排第一，有許多研究證實烏鴉十分聰明，據說在日本烏鴉會偷寺廟的香油錢，然後去販賣機買花生；又將堅果放在繁忙的十字路口，等待經過的車輛將堅果殼壓碎再啄走，聰明的烏鴉居然對交通法規無師自通，牠們還善於識別人臉，記憶力驚人，相當記仇，衹要曾經傷害過牠，牠這輩子都會非常清楚記住敵人，並會做出報復行為，烏鴉會整天守著敵人對他們騷擾，正如烏鴉不斷襲擊紅兵，在窗子便便都是對她報復的證據，二者陷於密室房間肉搏，紅兵被烏鴉間接殺死。」

「烏鴉不是兇手，那麼誰是兇手？」

「若有人要殺死紅兵？為什麼他不乾脆用刀殺死她？這樣更加直接順手，為何要大費周章先放下刀，再用鈍器擊斃她？既然證實紅兵身上的刀傷是烏鴉襲擊她的爪印，便能推論根本沒有人殺死她，我推理當紅兵和烏鴉決戰時，室內狼藉，紅兵不敵，狼狽躲避，她鎖上了房門，逃生無門，眼睛被鳥嘴插傷，看不清楚情況，意外地被東西絆倒，腦袋剛好撼在硬物如枱角，受到重擊致死，紅兵將案發現場變造密室謀殺案，自食其果。」

「這樣解釋也很合理。可是，紅兵為什麼要陷害向陽？她的動機是什麼？」

「紅兵已經死，無從聽見她親口說出動機，祇有歸納證據、她的性格和行為推測作案動機，證據是衛東之死、竹林咆哮、在房間祇穿著內衣和那一本日記。」

「日記是紅兵記錄向陽的文革惡行嘛。」

「分析前三個證據，日記也是一脈相承，所有證據都是劍指向陽，紅兵企圖誣陷向陽殺死衛東，中傷他在竹林打算強暴她，穿著暴露在房間等候向陽鳥入樊籠，坐實他強暴她，至於日記，紅兵說過他們輕身上路，她沒可能帶著日記逃亡，日記是她在霧梟村寫成，內容本來就是她和衛東的罪行，祇是將主人翁改為向陽，目的要將向陽迫到絕境，鋃鐺入獄。」

「紅兵是個歹惡的異類，世上還有許多情深義重的女人。」

「日記內容揭示紅兵的權力控制慾極強，從她妒忌宋彬彬的成就可見一斑，她驕恣殘酷，弄虛作假，極具報復心，她在小團體手握權力，被觀音兵包圍如天之驕女，唯有向陽看穿她殘忍無情的性格，毅然跟她徹底分首，這種公開表態對紅兵驕矜如女王無異是尖刻的嘲笑和背叛，被嘲笑背叛的女人像一隻瘋狗，紅兵一定會對向陽報復，其二剛巧此時向陽疏遠她，也沒有說清楚紅兵殘忍殺死鸚鵡的原因，她謀反村書記被識破，她認定向陽對村書記洩密，令她前途盡毀，流亡異地，她在定情谷說過向陽背叛出賣她，那就是她的殺人及意圖嫁禍向陽的動機。」

「紅兵真是個豔如桃李，心如蛇蠍的恐怖女人。可是，為什麼她不對付筱華？」

「女人才會選擇報復第三者，紅兵的性格強悍如男人，她會像男人對付背叛她的人，堅定不移陷害向陽，她既有男人的意志，也有女人的陰險，是個狡詐詭計多端的魔鬼。」

「是什麼思想影響及製造這種妖物？小粉紅同根同源，思想言行怪異畸形。」

「你的問題屬於《天問》[1]級」

「那麼第三個和第四個謎團呢？」

「筱華有五通能力，但無質無體，她沒有可能撫摸你表表哥，跟你表表哥親熱是Beatrice。」

「怎麼可能？除非Beatrice已經在霧梟村，而且筱華還附上她的身體，才能跟表表哥做愛？他是向陽的下一世嘛，是筱華借體還魂？實現與表表哥雙宿雙棲的宿願？但是Beatrice很正常啊。」

「那太老梗了。」如嫣嗤笑。

「橋唔怕舊，最緊要受。那麼你有何解釋？」孟朗惱火問。

---

1 《天問》，屈原的長篇詩作。

「祥嬸證實Beatrice曾經到村子小住，我推測Beatrice從你的口裡知道你表表哥住進洋房，她也住人隔壁的民宿，多次潛入屋子偷看你表表哥，當他感到有人偷看時，他跑出院子卻聞到浴後的清新氣味，筱華的香氣非蘭非麝，矮牆的木門被打開了，筱華感應到Beatrice，也感應到她愛慕暗戀你表表哥，筱華有心成全她，潛入你表表哥的夢裡，以Beatrice的形象、談吐、舉止及著裝出現，你表表哥認定了Beatrice就是筱華，證據是祥嬸沒有認為Beatrice長得像筱華。」

「算你講得通，之後怎樣？」

「隨後，筱華與你表表哥初次見面，她先說自己姓紀，再以五通能力影響你表哥哥說出筱華，洋名Beatrice，這樣筱華與Beatrice便二合為一，你表表哥深陷情網愛戀筱華，不能自拔，最後筱華捨不得殺死你表表哥，飄然而去，令你表表哥更加為愛痴狂，接著你和Beatrice到來，你表表哥看到以為筱華回來，情不自禁擁吻Beatrice，Beatrice更是喜出望外，二人從此琴瑟和諧，鸞鳳和鳴，是筱華暗牽紅線，使Beatrice不再重蹈其覆轍，遺憾終生。」

「如此夢幻的變臉奇緣？」

「我猜筱華的靈感來自《聊齋誌異》，其中一篇狐仙變臉的故事，狐仙預知牠與書生的緣份將盡，牠每天改變一點點面貌，以免離別時書生傷心，在分首那一天狐仙的樣貌完全切換為另一名女子的容貌，狐仙離去，女子出現，書生誤將她當為狐仙，最終大團圓結局。」

『好聰明的女生。』

孟朗疑惑地側頭向上面看了一眼，接著問：

「為什麼筱華會大方大度撮合表表哥和Beatrice的愛情？表表哥並沒有信守他前世對筱華的承諾，竟然結婚生子，那麼她的愛情豈不是落空嗎？還有，筱華長得怎樣？」

「還有人知道筱華的模樣。」

「你說祥嬸，還是表表哥？他什麼也不記得，筱華燒毀所有照片，根本沒有人知道筱華的容貌。」

「不，是向陽。」

「表表哥是表叔公的下一世，還那來向陽？」

「向陽沒有去世，你表表哥是向陽的兒子，他踏進院子筱華已經感應到，之後，她矇騙你表表哥返回公司，好讓她跟向陽重逢。」

「什麼？表表哥是向陽的兒子？證據呢？」

「當你表表哥到來，祥嬸稱呼他做文少爺，祥叔叫他做文先生，為什麼祥嬸會尊稱他做文少爺？原因是向陽曾經揹著繼紅偷渡到來，繼紅強調向陽是她的救命恩人，她將恩情轉移在文佐翰身上，你不相信？去跟祥嬸確認。」

「現在向陽在那裡？」

「向陽就是屋主。」

「怎麼會這樣？」

「你中了推理小說的敘述性詭計，含糊其詞的描述誤導你的認知，通篇沒有提過向陽、紅兵和衛東的姓氏，筱華與你表表哥第一次見面後，說了一句可圈可點的證詞『你不是他。』，令你曲解表表哥就是向陽的下一世，形容屋主許多年後才回來霧梟村，在院子緬懷嘆息事過境遷，拿走了二幅國畫，《美人回眸圖》是筱華的畫像，《霧梟溪圖》是二人合作的繪畫，向陽對筱華的東西十分珍惜，包括她的短皮夾。」

「可惜筱華的愛情幻滅了。」

「完滿結局，筱華接受了向陽的愛情，證據是在那個短皮夾祇有一枚戒指。」

「縱使向陽移情別戀，結婚生子。」

「不，向陽信守他對筱華的抱柱承諾，一生不娶。」

「怎麼啦？表表哥明明是向陽的兒子。」

「開篇講得很清楚向陽中年得子，生了三胞胎，奇怪是三個男孩的模樣毫不相像，但是沒有提過他已結婚。」

「此子何來？」

「現今科學昌明，先進發達，科技日新月異，向陽找了商業代理購得卵子，聘請代母生產三個模樣不同的兒子，你表表哥是其中之一。」

忽然隱約好像有人說：

『謝謝。』

「那麼你的愛情呢？」如嫣心裡默念。

『一萬個人就有一萬種愛的方法，我不在乎天長地久，祇在乎曾經擁有。』

「如嫣，你有沒有聽到有人說話？剛才我也聽到啊。」孟朗好奇地四周張望。

「是嗎？」如嫣若無其事說。

「真的有啊。」孟朗堅持己見。

「不要管那麼多，來，我們祝酒吧，恭祝向陽和筱華愛情美滿，你表表哥和Beatrice永結同心，同諧白首。」

國家圖書館出版品預行編目

邱比特的惡作劇 / 顧日凡著. -- 臺北市 : 獵海人,
2025.01
面； 公分
ISBN 978-626-7588-12-3(平裝)

857.7 113020812

邱比特的惡作劇

作　　者／顧日凡
出版策劃／獵海人
製作銷售／秀威資訊科技股份有限公司
114 台北市內湖區瑞光路76巷69號2樓
電話：+886-2-2796-3638
傳真：+886-2-2796-1377
網路訂購／秀威書店：https://store.showwe.tw
博客來網路書店：https://www.books.com.tw
三民網路書店：https://www.m.sanmin.com.tw
讀冊生活：https://www.taaze.tw

出版日期／2025年1月
定　　價／360元